Georges Rodenbach
Im Zwielicht

I0634499

fabula Verlag Hamburg

ISBN: 978-3-95855-451-1
Druck: fabula Verlag Hamburg, 2017
Covergestaltung: Violetta Wegel
Covermotiv: www.pixabay.com

Der fabula Verlag Hamburg ist ein Imprint der Diplomica Verlag GmbH.
Bibliografische Information der Deutschen Nationalbibliothek:
Die Deutsche Nationalbibliothek verzeichnet diese Publikation in der Deutschen Nationalbibliografie; detaillierte bibliografische Daten sind im Internet
über http://dnb.d-nb.de abrufbar.

© fabula Verlag Hamburg, 2017
http://www.fabula-verlag-hamburg.de
Printed in Germany

Georges Rodenbach

Im Zwielicht

fabula

Inhalt

Georges Rodenbach
(1855–1898)

Heute, wo Maurice Maeterlincks Kunst in ihrer geschmack-
vollen Synthese von germanischer Gefühlsinnigkeit und
französischer Klarheit immer weitere Kreise zieht, richtet sich das Interesse unwillkürlich nach der flämischen
Heimat des Dichterphilosophen, die von jeher tiefem
Gemütsleben förderlich war. Brabant ist die Heimat eines
großen Kirchenlehrers, jenes doctor extaticus am Schlusse
des zweiten »Faust«: Johann Ruysbroeck, den seine Zeit
den Wunderbaren nannte, und dessen Hauptwerk »Von
der Zierde der geistlichen Hochzeit« Maurice Maeterlinck
der französischen Kulturwelt durch Übersetzung und ein
tiefsinniges Vorwort erschlossen hat. In jenem Brabanter
Weltwinkel entstand vor einem Dezennium jene symbolis-
tische Bewegung, als deren Exponent Maeterlinck gilt und
deren Vertreter fast ausschließlich flämische Namen tragen.

Die Flamen sind bekanntlich germanischen Ursprungs,
aber neben ihrer heimischen Sprache bevorzugen sie die
des großen französischen Kulturkreises. Der gewaltige
Schallboden von Paris sichert den großen Talenten dieses
kleinen Völkchens einen Platz in der Weltliteratur, den sie
mit ihrer heimischen Sprache nie erringen würden, und
der Zwang, sich einer durchgebildeten, in eherne Formen
gegossenen Sprache zu bedienen, bildet ein heilsames
Gegengewicht gegen den germanischen Hang zur Inner-
lichkeit, der bei unumschränkter Herrschaft zur Formlo-
sigkeit, zum Versinken in den Tiefen der Mystik führen
würde. Das Französische ist der leichte Kork, der sie auf

der Oberfläche erhält, ohne sie oberflächlich zu machen, und so vollzieht sich ganz von selbst und von der Wiege an jene Synthese zwischen französischem Geschmack und germanischer Kraft, zwischen Gefühlstiefe und Anschaulichkeit, Klarheit und Geheimnis, die Nietzsche so heiß ersehnte, und die in Maeterlinck und Lerberghe, Elskamp und Verhaeren, Huysmanns und Rodenbach zum Ereignis geworden ist.

Georges Rodenbach, der allzufrüh aus ihrem Kreise scheiden sollte, nimmt unter ihnen eine besondere Stellung ein, schon weil er seiner Herkunft nach Oberdeutscher, nämlich Österreicher, ist. Das heutige Belgien bildete bekanntlich bis 1791 die »österreichischen Niederlande«, und so kam Georges' Urgroßvater, der dem österreichischen Generalstab angehörte, um die Wende des vorletzten Jahrhunderts nach Belgien, nahm nach der französischen Okkupation seinen Abschied, blieb aber im Lande, zumal er sich verheiratet hatte und Kinder besaß. Einer seiner Söhne, Constantin, der Großvater des Dichters, heiratete eine Großnichte Wielands, die ebenfalls dichtete und mit den hervorragendsten Geistern der Zeit, Hugo, Lamartine, Michelet, in Briefwechsel stand. Constantin beteiligte sich rege an der Revolution von 1830; sein Name prangt auf der Säule des Brüsseler Kongresses. Er war übrigens auch literarisch tätig. Sein Sohn, Georges Vater, war ein angesehener Ägyptologe, und vielleicht hat unser Dichter von ihm die Gabe, die rätselhafte Bilderschrift des Lebens zu entziffern, geheime Analogien zu entdecken und seltsame Symbole zu schaffen. Rodenbachs Kunst offenbart in der Tat einen Zug zu geheimer Wissenschaft, eine stete Wiederkehr feststehender Hieroglyphen und Formeln, in die man eingeweiht sein muß, um ihren ganzen bildlichen Zauber zu kosten. Er ist, ganz wie sein Held Viane in »Bruges-la-morte« »vom Dämon der Analogie besessen«, und dieser »angeborene Ähnlichkeitssinn« ist es ja auch, der die Katastrophe in jenem Werke heraufführt. Viane hat sich nach dem Tode seiner geliebten Frau in die Schwermut des toten Brügge vergraben, weil sie seiner Schwermut wohltat, und er hat schließlich die tote Stadt und seine Tote identifiziert – bis ihm eines Tages ihr wiedererstandenes Ebenbild in Gestalt einer Schauspielerin begegnet. Und dieser »Dämon der Analogie« läßt ihm keine Ruhe, bis er die völlige Gleichheit von einst und jetzt erreicht hat. Die Schauspielerin muß die Bühne verlassen und wird seine Geliebte, seine aus dem Grabe zurückgekehrte Frau, wie er wähnt ... Aber je eifersüchtiger er diese Gleichheit bis in ihre letzten Folgerungen verfolgt, desto mehr tritt die unvermeidliche Ungleichheit zutage – bis die Schauspielerin sich eines Tages vollends vergißt und mit der goldenen Haarflechte seiner toten Frau ihren Spott treibt. Da erwürgt er sie vor Wut und Scham mit dieser teuren Reliquie, der »alle, deren Seele rein und mit dem Mysterium vertraut ist, von vornherein ansehen, daß sie im Augenblicke der Entweihung selbst zum Werkzeug des Todes werden muß ...« So wird Hugo Viane zum anderenmale Witwer, und die beiden Frauen verschmelzen in seinem Geiste wieder zu einer. – Man sieht, Rodenbach ist nicht dabei stehen geblieben, »die Bäume mit der heiligen Jungfrau zu verknüpfen und einen unsichtbaren Leichenaustausch zwischen seiner Seele und den ewig klagenden Kirchtürmen Brügges zu schaffen«. Er hat das, was bei anderen an der Oberfläche bleibt und über eine blumige Metapher nicht hinaus kommt, in die Tiefe gegraben und zum Angelpunkt eines Seelenkonflikts, zum Problem erhoben. Und er hat der seit Taine so beliebten Milieulehre einen tieferen, psychologischen Sinn gegeben; er macht das tote Brügge zur Hauptperson von Vianes Leben, »die ihren Einfluß geltend macht, abrät und befiehlt und der er die Gründe zu allen seinen Handlungen entlehnt ...«

»Eine Mahnung zur Frömmigkeit ging von ihr aus, von den Mauern ihrer Spitäler und Klöster, von ihren zahlreichen Kirchen, die in steinernen Chorhemden niederknien ... Ein Vorbild der Entsagung boten die schweigenden Grachten und vor allem erging eine Lehre der Sittenstrenge von den hohen Glockentürmen, die stets im Hintergrund aufragten.« Und je mehr er sich seiner Fleischessünde bewußt wird, desto mehr zwingt ihn diese Stadt wieder in ihren Gehorsam. »Die Glocken sprachen so eindringlich, erst freundlich ratend, bald aber unbarmherzig mit grimmem Schelten ... Sie stießen ihn vor sich her, drangen in seinen Kopf und vergewaltigten ihn, um ihm seine elende Liebe zu entreißen ...«

»Das tote Brügge« Deutsch von mir bei Ernst Rowohlt, Leipzig 1910, 2. Aufl. ist Rodenbachs erste größere Schöpfung, sozusagen sein standard work, das all sein Können mit der Kraft einer Sammellinse in eine kurze Fabel zusammendrängt. Es ist, als ob der Dichter das Bedürfnis gehabt hätte, seine Kunst in nuce zusammenzufassen, in dem trüben Gefühl, daß es ihm nicht vergönnt sein würde, sie wie einen breiten Teppich sein Leben hindurch auszuwirken. Er war einer jener »Avertis«, von denen Maeterlincks tiefsinniger »Schatz der Armen« sagt, daß sie das »organische Warnungszeichen« in sich tragen und daß sie es eilig haben, ins Leben zu treten, daß sie ein seltsames Lächeln haben und wie aus einer anderen Welt auf die herabsehen, »die da leben sollen ...« Er verband eine heiße Liebe zum Leben mit einem tiefen Mißtrauen, einer eingeborenen Furcht vor dem Leben, die durch seine traurige Erziehung in der Jesuitenschule noch bestärkt wurde. »Dort lernte meine junge Seele dem Leben entsagen, denn sie lernte zuviel vom Tode«, klagt er in seiner rührenden Novelle »In der Schule«, die dieses Buch enthält. Mit Vorliebe versetzt er sich in Seelenzustände hart an der Grenze des Wahnsinns, um uns mit zwingender Notwendigkeit schrittweise der völligen Umnachtung zuzuführen, die ihm ja schließlich selbst genaht ist und seinen Selbstbekenntnissen ein Ende machte … »Es gibt ein ganz geheimnisvolles, wenig beachtetes Gebiet von Empfindungen unterhalb der Bewußtseinsschwelle, sozusagen ein Helldunkel des Bewußtseins, eine Region des Zwielichts, in der unser Wesen seine Wurzeln hat. In ihr knüpfen sich jene seltsamen Analogien, jene luftigen Beziehungen zwischen unseren Gedanken und Taten und gewissen Eindrücken unserer Sinne. Eine Frau mit grauen Augen, die uns begegnet, erinnert den Nordländer sofort wehmütig an seine Heimat. Eine Orange, die man neben uns schält, genügt, um uns den ganzen Dunstkreis des Theaters wieder wachzurufen. Wird eine asphaltierte Straße ausgebessert, so trägt uns der Geruch des Teers, der in den Kesseln kocht, in Gedanken sofort ans Meer und die geteerten Masten in den Häfen.« Und eine schaurige Passionssymbolik knüpft sich in seinem kranken Geiste an den Sonnenuntergang. Er starrt in den »blutigen Passionshimmel mit den grellen Strahlen der Kreuzigung, dem Schwamm der gelben Wolken, dem letzten Rot einer mit der Lanze geöffneten Wolke … Dann sank die Nacht mit all den Dornen der Finsternis, die sich in seine Stirn drückten, und all den Sternen, die ihre grausamen Nägel in diesen Golgatha-Himmel bohrten … «

Hin und wieder wird auch eine skeptische Boulevardnote angeschlagen, aber sie klingt falsch, und über dem Pariser Treiben liegt der bleigraue flandrische Nebel. Das tote Brügge behauptet auch im Herzen Frankreichs seine Macht über Rodenbachs Geist, und so spannte er auch den modernen Ehebruchsroman mit seiner fiebernden fin-de-siècle- Psychologie in den ehrwürdigen Kirchenrahmen seiner Vaterstadt, etwa so, wie Sudermann im »Katzensteg«

ein fin-de-siècle-Motiv mit ostpreußischer Heimatskunst verband. Sehr zutreffend sagt in dieser Hinsicht sein Landsmann J. K. Huysmanns: »Er hat den bleiernen Himmel, die zitternden Wasser mit der unheilschwangeren Stille, das lautlose Rudern der Schwäne, den leichten Dunst halbgelöschter Kerzen und den Weihrauchduft des Beghinenklosters, das hinter einem überdeckten Graben schlummert, gar wunderbar behandelt und so Brügge für immer in einem zarten, wahrheitsgetreuen Bilde festgehalten. Diese Stadt gehört ihm; sie ist gleichsam sein Reich geworden, und ihre Silhouette erscheint, selbst wenn er nicht von ihr spricht, hinter all seinen Romanen und Gedichten, wie er sich selbst vom Hintergrund ihrer Spitzen und Türme abhebt auf dem Porträt von Dhurmer ...«

Brügge ist auch der Gegenstand der Gedichtsammlung »La Règne du Silence«. Hier ist die moderne Behandlung ganz fortgefallen; die toten Gegenstände und das Schweigen der alten Stadt bilden allein den Gegenstand der Darstellung, während die Menschen aufgehört haben zu leben. Es ist eine Tragödie ohne Handlung, das intime Drama der leblosen Dinge, die ihr geheimes Leben offenbaren. Während die Greise und Beghinen schattenhaft einherschleichen, bekommen die Steine, die Bäume, das Wasser Leben und ein seltsames, ausgeprägtes Antlitz. »Er liebte die fliehenden Dinge, die unbestimmten Farben, die zitternden Linien«, sagt Huysmanns von ihm; »er schwärmte für das Geheimnis des Wassers, für das Geläute der Glocken, für die Stimmen des berstenden Glases; er fühlte den schleichenden Schritt der Kranken, die der Genesung entgegengehen und die sich doch noch im geschlossenen Zimmer hegen und pflegen dürfen, ohne zu leiden«. In der Gedichtsammlung »Voyage dans les yeux« geht der Dichter noch weiter: in zwei Augen liegt seiner überfeinerten Seele die ganze Welt, in ihnen errät er alle Landschaften, in ihrem blauen Kristall zeigt sich das umgekehrte Bild einer Stadt ... Die Novelle »Die geliebten Augen« in dem vorliegenden Bande ist ein zitternder Nachklang dieser Gedichte.

Sein Roman »La Vocation« spielt gleichfalls in dem alten, düstern, religiösen Brügge. Hans Cadzand ist von seiner Mutter strenggläubig erzogen, von allen Lebensregungen ferngehalten worden, damit er dereinst ein häuslicher Sohn würde und seine alte Mutter nicht verließe. Die religiöse Erziehung hat indes so gute Früchte getragen, daß Hans, der Nachgeborene, in seinem Chorknabenherzen den Beruf zum Priester entdeckt. Die Jahre ändern nichts an seinem Entschluß. Die Mutter sucht ihm jetzt eine entgegengesetzte Lebensrichtung zu geben, sie wählt das kleinere Übel, indem sie ihn zum Heiraten zu bewegen sucht. Er soll die Tochter einer Freundin freien, die ihm schließlich ihrerseits ihre Liebe gesteht, aber nichts kann ihn in seinem Vorsatz beirren, bis ein hübsches Dienstmädchen ins Haus kommt und den angehenden Jüngling zur Sünde entflammt. Die Mutter, entzückt über diese Wendung der Dinge, duldet das sträfliche Verhältnis von Sohn und Magd, bis jenen nach kurzen Tagen die Neue ergreift. Er fühlt sich unwürdig, Priester zu werden; seine »innere Berufung« ist vor den ersten Anläufen des Lebens zunichte geworden. Er führt im Mutterhause fortan ein Büßerleben; sein einziger Weg führt ihn allmorgentlich in die Kirche, dann wird er unzugänglich und versinkt in fromme Studien und Betrachtungen der Reue, so daß gerade das, was das Mutterherz sich so heiß ersehnt hatte, nicht ohne ihren Sohn zu stehen, ihr jetzt zur größten Qual wird.

Dem verunglückten Priester, der die keusche, jungfräuliche Seele Brügges verletzt hat, steht »Der Glöckner« (»Le Carrillonneur«) gegenüber. Joris Borlunt hängt mit leidenschaftlicher Liebe an seiner Heimat, er ist ein Künstler und ein Träumer, ein Hans Cadzand mit ausgereifter Seele. Er sieht, wie die Stille seiner Heimat, der Schatz ihrer alten Traditionen, ihr ganzes Mysterium, durch die modernen Ideen bedroht wird. Das alte Venedig soll zum modernen Handelshafen umgestaltet werden. Dagegen kämpft der Glöckner mit aller Energie an, und doch ist sein eignes Herz die Wahlstatt zwischen Alt und Neu. Er liebt seine Frau Barbe, die Repräsentantin des fremden, sinnenheißen, spanischen Blutes, und bricht die Ehe mit seiner Schwägerin Godelieve, der blonden, zärtlichen Flamländerin, welche die alte Brügger Rasse vertritt. Aber alle Fleischeslust empört die unsichtbaren Gewalten der alten katholischen Stadt. Seine eifersüchtige Gattin vertreibt die Ehebrecherin aus dem Hause, und sie ist selbst eine von denen, die in dem brüllenden Volksschwarm für den neuen Hafen stimmen. Joris hängt sich an der großen Glocke auf und verhaucht seine Seele mit dem feierlichen Glockenklange Altflanderns.

Derselbe Konflikt zwischen Alt und Neu geht durch die prachtvolle Novelle »L'Arbre«, die auf einer kleinen, stillen Insel Seelands in träumerischer Weltabgeschiedenheit spielt. Die modernen Fortschritte und Ideen haben hier noch keinen Boden gewonnen, und jeder lebt wie damals, als der Großvater die Großmutter nahm. Am Dreiweg steht eine alte Eiche, in die alle Verlobten ihre Namen einschnitzen, ein Symbol der friedlichen Stille der Insel. Auch Joos und Neele haben den ihren in seine Rinde eingeschnitten. Sie lieben sich in ihrem Schatten keusch und heiß, wie ein Liebespaar im Märchen. Ihre Hochzeit ist schon lange bestimmt und von jedermann gebilligt. Aber da kommen die Fremden auf die Insel, um eine Eisenbahn zu bauen, und mit ihnen halten die Laster der Kultur ihren Einzug. In den Wirtshäusern kommt es zu Messerstechereien, und eines Tages hängt sogar ein Leichnam an dem Baum …

Joos hat die Wahrnehmung gemacht, daß auch Neele nicht mehr die alte ist, sie ist zerstreut, wenn er ihr seine Liebe schwört. Er merkt es bald: die Fremden haben nicht nur die patriarchalische Ruhe der Insel gestört, sie haben auch das Herz ihrer Tochter gestohlen. Und der Gedanke des Selbstmords drängt sich ihm auf; der Erhängte verfolgt ihn im Schlafen und Wachen. Und eines Tages findet man auch ihn an der Eiche hängen. Da wendet sich der Zorn des Volkes gegen die treulose Neele; sie erleidet, einem alten Brauch zufolge, die Strafe der Degradation, indem ihr aller Schmuck vom Leibe gerissen wird, und die Eiche wird gefällt und verbrannt. Aber nur die großen Äste werden vom Feuer verzehrt, der geschwärzte Stamm bleibt übrig, wie das treulose Weib, seines Schmuckes beraubt ...

»L'Arbre« war Rodenbachs letztes Prosawerk. Dann folgte noch die Gedichtsammlung »Le Miroir du Ciel natal«, in der er seinem heimischen Himmel den Spiegel vorhält. Bald nach seinem Gehängten starb er selbst, ein Mensch, der dem Leben ebensowenig gewachsen war, wie seine im Selbstmord Zuflucht suchenden, vom Leben überwundenen Helden. In seinem Nachlaß fand sich eine Dramatisierung des Romans »Bruges-la-Morte«, ein Werk fieberhafter Seelenzerfaserung, das in Wahnsinn und Selbstmord ausklingt, daneben eine Essaysammlung, die dem Kritiker Rodenbach alle Ehre macht, und der wehmütige Skizzenband »Le Rouet des Brumes«, dessen Leitmotiv den geheimen Zusammenhang zwischen Tod und Liebe bildet. Die Unbeständigkeit des menschlichen Daseins und unserer Empfindungen, die Unmöglichkeit, das menschliche Handeln richtig zu beurteilen, da man ja weder die geheimen Beweggründe noch die Tragweite einer Handlung kennt, findet hier einen herzbewegenden Interpreten. Tiefe Melancholie atmend, zum Teil beunruhigend und geheimnisvoll, folgen sich diese kleinen

Erzählungen wie die Speichen eines alten, schlichten hölzernen Spinnrads, das im trüben Dämmerschein eintönig schnurrt. Sie sind in dem vorliegenden Bande vereinigt, der an Stelle des unübersetzbaren französischen Titels den der ersten Novelle trägt. »Im Zwielicht« der Empfindungen spielen ja alle.

Freilich konnte es nicht der Zweck dieser Übersetzung sein, den Staub der Werkstatt auszukehren, und so sind in ihr denn fünf Novellen ausgelassen, die zu abgerissen und skizzenhaft geblieben sind. Zum Ersatz ist die Dichtung »In der Kirche« vorausgeschickt, die in ihrem lyrischen Stimmungszauber zum besten gehört, was Rodenbach schuf. Wollte man einen Vergleich mit deutscher Lyrik heranziehen, so müßte man schon auf die gewaltigen Dichtungen der Droste-Hülshoff zurückgreifen, z. B. auf das Notturno »Meister Gottfried von Köln«.

Friedrich von Oppeln-Bronikowski

In der Kirche

Die alte Kirche träumt in tiefer Ruh.
Ringsum in Schwermut liegt die tote Stadt.
Man spürt's, wie wenn man Kranke um sich hat.
Und alles deckt des Turmes Schatten zu.
Bang ist der Schwalben Zwitschern und Geschwirr
Im Hof. Halbtrauerzwielicht füllt den Bau.
Nur durch die Scheiben blickt das stolze Blau;
Bleich ist und welk der Jungfrau Spitzenzier.
Alt, welk ist alles! Sieh, es stehn die runden
Steinsäulen kahl, wie Stämme, rings behaun.
Und wie wenn Nägelmale blutig taun,
So quillt ein ferner, kranker Duft von Wunden,
Der fad, entnervend, sinnlich ist zu nippen.
Ja, Krankenduft ist alles, was hier webt.
Nach Lilien duftet's, welkem Stroh der Krippen,
Und Weihrauch, der im Dämmerschein verschwebt.
Goldkannen dünsten Wein. Die Kerze schwelt.
Von Sünderhand entflammt am Gottestische.
's ist alles Duft, doch welk und ohne Frische,
Des Altars Tuch, die Myrtenkränz' entseelt.
Ihr Hauch auch weht, die schon entschlafen sind.
Die, modernd hier, vor Gottes Richtstuhl standen
Mit Reueträn' und Angstschweiß ihrer Schanden –
O Duft, der träg' sich durch die Zeiten spinnt! ...
Und immer weiter stets, wie stets zuvor! ...
Denn alt ist diese Stadt; es strotzt von Leichen
So Chor wie Schiff, bedeckt von ihren Zeichen;
Und mancher Sarg schon kam durch dieses Tor.

Ja, tot ist alles oder wird es hier!
Der Weihrauch stirbt im Nichts, das Heut' im Gestern.
Verblaßt der Brüder Bilder und der Schwestern;
Nur Heil'genschrein und Knochen winken dir …
Rings herrscht der Tod, doch auch die Ewigkeit.
Tritt ein denn, zagendes Gemüte.
Der Pforte Teufelslarven grinsen breit;
Doch drinnen atmet lauter Güte,
Und durch die schwarzen Scheiben bricht's herein
Wie Mondenschein …
Ja, allem Leben wendest du dich ab,
O Seele, trittst du ein in dieses Grab,
Aus Tagesglut in diese stille Nacht,
Wo nur im Grund der Kerzen Schimmer wacht.
Wie Lippen, die im Traume sich bewegen …
Weihwasser netzt die heißen Finger kühl:
Dies ist, was du ersehntest, dein Asyl,
Die sichre Arche in der Sünden Flut.
Die Taube trägt den Ölzweig dir entgegen.
Des Geistes Taube, der auf allen ruht …
Kalt weht der Grabeshauch umher.
Der Sünder, der du warst, stirbt mehr und mehr
Der Welt und sich.
Wie Lazarus dereinst verblich –
Doch Jesus weint, und neu erhebst du dich.
Mit neuer Seele stehst du wieder auf;
Nichts ist im Paradies dir mehr verboten.
Was liegt nun an der Welt und ihrem Lauf?
Was liegt nun an der Stadt, der toten?
Und ob der Regen an die Scheiben schlägt.
Ob Nacht die Welt in Witwenschleier legt:
Hier nachtet's nicht.
Im tiefen Chor
Blinkt die Monstranz in goldenem Licht.

Des Weihrauchs Schattenvorhang wallt empor …
Du wärest tot – nun bist du neu belebt.
Zum Licht erkoren, dem erflehten.
Du fühlst von Schwestern dich umschwebt,
Fühlst, daß Marie und Martha mit dir beten ..
Knaben preisen nun im Chore
Glockenrein das Sakrament.
Himmelan von der Empore
Steigt's wie steinern Ornament.
Unstofflich sind die Klänge,
Wie wenn ein Sprudel spränge.
Ein frischer Quell der steigt und sinkt.
Wie wenn ein Lichtmeer funkelt.
Bald aufflammt, bald verdunkelt.
Ein Taubenschwarm sich auf und nieder schwingt.
Man blickt durch das Gewimmel
Der Flügel in den Himmel
Und wie durch einen Edelstein – – –
Die Orgel summt bedächtig
Und breitet Schweigen nächtig
Wie schwarzen Sammet über alles drein.
Hold zu träumen
Ist's in diesen stillen Räumen,
Und ein Ave löst sich aus der Brust,
Wie aus einer Linnenlade
Veilchenduft,
Wallt empor mit Weihrauchswolkenduft.
Still in Nacht und Schweigen zu zergehen;
Düfte wehen
Wie von Totenblumen fade …
Tat sich auf der alten Zeiten Gruft?
Kaum Geräusch im stillen Kreise.
Holz und Stein
Knistert fein.

Und das Tote atmet leise.
Und wie du träumst und betest, kaum bewußt,
Der Schatten wächst so trüb und schwer.
O säh' ich Gott, so betet deine Brust,
O wüßt' ich, wüßt' ich, zweifelt' ich nicht mehr!
Schon ist das hohe Schiff verdunkelt!
Die Pfeiler schwinden allgemach.
Und nur im letzten Fenster funkelt
Im Ringen mit der Nacht der letzte Tag.
Du selbst versinkst in Nacht
Und irrst, verirrst dich in das Land der Träume.
Ging nicht ein Zeichen durch die stillen Räume
Des himmlischen Verzeihns, eh du's gedacht?
Du bist der Zeitlichkeit enthoben;
Du fliehst, du fliehst, du bist zerstoben.
Du sinkst, du sinkst – bis auf des Meeres Grund.
Stets tiefer, kälter stets. Kein Ufer faßt den Schlund –
Ob lange Zeit verstrich?
Der letzte Schein verblich.
Blaugrau spinnt alles ein.
Du wähnst, in umgeschlagnem Schiff zu sein …
Die Orgel präludiert mit leisem Säuseln,
Wie wenn ein Bach aus Wolken niederquillt,
Der Flor emporwallt, wenn er sich gestillt
Im Wasser, dessen Spiegel kaum sich kräuseln.
Farblose Flut, dem Tastenwerk entwrungen.
Von unsichtbarer Hände Druck entsprungen …
Sie rinnt, sie schaudert, zaudert, stockt im Lauf,
Stürzt weiter dann und schwillt zum Gießbach auf,
Zum breiten Flutschwall, daß dem Ohre graust,
Wie's durch die Säulen schwemmt, den Hof durchbraust.
Sich schäumend zwängt wie durch ein Schleusentor;
Die Orgelpfeifen stehn wie Riesenrohr.
Der Kinder Glockentöne schmelzen jach

Dahin im Schwalle, wie im Strom ein Bach.
Ein plötzlich Schweigen, Inseln, die ihn spalten;
Dann wieder strömt's, und keiner kann es halten.
Es wechselt Tag und Nacht und Kraft und Milde,
Doch Milde nur, wie sie die Kraft verschönt.
Es strebt empor wie steinernes Gebilde,
Dem Felsen gleich, der sich mit Blumen krönt.
O Stimme du der himmlischen Gefilde,
Kein Menschengeist dich mehr zu meistern wähnt!
O Donnerlied, im tiefsten Schacht erklungen,
O Element, von Felsenkraft bezwungen!
O Hauch, der kosend bald die Gräser strähnt,
Bald niedermäht, wie Sensenstahl den Schwaden,
O Bach, der sich zum Fluß, zum Strome dehnt
Und niederstürzt in donnernden Kaskaden!
O Element, das Menschenwitz verhöhnt,
Dem jede Stimme dient, sich zu entladen.
Früh aufzujauchzen, still des Nachts zu weinen
Und Erdenlied mit Engelsang zu einen!
Bald droht es rauh, bald lispelt's Engelsgüte,
Ist ungestüm und wie aus Kindermund;
Und hat der Wettersturm zerknickt die Blüte,
So spannt ein Bogen sich zum neuen Bund.
Bald jauchzend Herz, bald schluchzendes Gemüte,
Bald schwarz, ein Katafalk im Herzensgrund,
Bald ist es hell wie frommes Kinderlallen,
Unendlich wie der Himmel über allen.

Im Zwielicht

Es war an einem Sonntag nachmittag bei dem alten Meister, wo man sich so schön unterhielt und nach Gautiers Wort wieder einmal in männlichen Gesprächen abhärten konnte. Die Unterhaltung kam auch auf die Liebe. Ein banaler Gegenstand. Das Frühjahr bot den Anlaß. Aus dem knospenden Garten stieg es herauf und drang durch die offenen Fenster herein, mit seinem ersten Veilchenduft, seinem Genuß von jungem Grün und feuchter, frischer Erde. Zudem war auch von einem Liebesdrama die Rede gewesen, das sich am Morgen zugetragen und mit dein Selbstmord der beiden Liebenden geendigt hatte.

»Niemand«, erklärte darauf der Romanschriftsteller de Hornes mit seiner stets etwas verschleierten Stimme, einer Stimme, die im Einklang mit seinen grauen Augen zu stehen schien, in deren Aschgrau halberstickte Flammen glühten, »niemand hat die Liebe wirklich gekannt, wenn er nicht einen Augenblick gewünscht hat, mit seiner Geliebten zu sterben.«

»Zum Teufel«, schrie der alte Meister dazwischen, »das nenne ich aber romantisch!« In der Tat hielt er es zu sehr mit dem achtzehnten Jahrhundert, um diesen tragischen Paroxysmus der Liebe zu begreifen. Er selbst war in Dingen der Liebe immer nur ein »Kenner« gewesen, wie man damals sagte, ein Mensch, für den das Weib nur den Wert einer kostbaren Rarität hatte. Aber Valmy widersprach ihm seinerseits mit Gründen.

»Im Gegenteil, es ist sehr wissenschaftlich«, wendete er ein. »Es ist weiter nichts als ein allgemeines physikalisches Gesetz, eine natürliche Depressionserscheinung. Die Depression ist um so übermäßiger, je heißer man sich liebt, und schwache Liebende kommen oft nicht darüber hinaus. Im Grunde ist es nichts als das ›traurige Tier‹ der Lateiner.«

Valmy war Darwinist. Er versetzte seine Theorien gern mit harten, wissenschaftlichen Worten und trug sie im übrigen mit dem Glauben eines Erleuchteten, funkelnden Augen und gebieterischen Gebärden vor, die wie Wegweiser die Richtung wiesen. Aber de Hornes ließ sich durch diese positivistische Sicherheit nicht einschüchtern.

»Man muß immerhin zugeben, daß diese Traurigkeit nach der Liebe nicht die einfache Erschöpfung sein kann, die der Anstrengung folgt; eher noch ist sie mit der wehmütigen Stimmung zu vergleichen, wie sie am Ende aller Feste eintritt, also etwas Psychisches ... «

»Mag sein«, entgegnete Valmy, »aber dann ist sie eine Folge des dunklen Bewußtseins, daß die Liebe eine Falle ist. Man begreift den Egoismus der Natur, die nur auf ihre Fortpflanzung bedacht ist. Der Mensch fühlt endlich, daß er einer Täuschung zum Opfer gefallen ist, die mit dem Verlangen ihr Ende findet. Und das deprimiert ihn.«

»Es ist mehr als dies«, entgegnete de Hornes. »Diese Depression hängt nicht allein vom Instinkt ab. Sie ist oft ganz bewußt, ganz zerebral ... «

Damit kam er wieder auf seine Idee zurück. »Wenn so viele Liebende den Wunsch haben zu sterben und wirklich sterben, jeden Tag mehr und mitten in der Liebe, so kommt dies daher, weil Tod und Liebe durch Analogien verknüpft, durch unterirdische Gange miteinander verbunden sind. Eins führt zum andern. Eins vertieft das andere und fordert es heraus. Es ist kein Zweifel: der Tod ist ein großer Sporn und Stachel für die Liebe ... Oder wie soll man sich die Manie der Liebespaare auf dem Lande erklären, die, um

Hand in Hand und Lippe auf Lippe zu legen, sich an die Friedhofmauer lehnen? Und das geht von den primitiven Seelen bis zu den höchsten. Führte Michelet die Erwählte seiner späten Liebe, die letzte Rose seines Herbstes, nicht auf den Pére-Lachaise? Denn er wußte wohl, daß er ihr an den Gräbern besser von Liebe und angesichts des Todes besser von Ewigkeit sprechen würde ...

»Es gibt noch viele andere Dinge, die dafür sprechen. Der Mörder läuft gleich nach begangener Tat zu den Freudenmädchen; er bedarf der Wollust, weil er den Tod gesehen hat ... Und unsere Vorliebe für Frauen in Trauer, ist sie nicht auch ein Beweis dafür? Nicht nur für Blondinen, die in Kreppkleidern am vorteilhaftesten, so zart und duftig aussehen, sondern für alle, welche die Livrée des Todes tragen und so anziehend und verlockend sind, eben wegen des Todes, der sie umgibt und beschlagnahmt, und den man gern mit der Liebe verbinden möchte ...«

Der alte Meister hörte gespannt zu, den schönen, blassen Kopf, der wie aus Mondlicht modelliert war, weit zurückgeneigt. Jetzt, wo der Abend sank, sah er noch bleicher aus als sonst. In den Ecken des Salons schien es bereits zu dunkeln, vielleicht weniger infolge der Dämmerung, als durch die Finsternis aus jenen Abgründen der Seele, die das Gespräch auftat. Trotz der ernsten Worte rötete ein leichtes Fieber aller Wangen. Ein jeder dachte zurück. De Hornes mit seiner traumhaften Stimme hatte seltsame Phantome beschworen. Jeder suchte sich die einstigen Geliebten, die entschwundenen Stunden und verrauschten Küsse wachzurufen. Jeder fühlte in seiner Seele welke Blätter, alte Gräber, die Hefe alter Tränen, derweil vom Garten her der frische Duft des knospenden Grüns noch immer durch die offenen Fenster quoll ...

Valmy, der stets seine naturwissenschaftlichen Gesichtspunkte geltend machte, antwortete: »Das sind Subtilitäten, Dekadenzprodukte … Das hat nichts mit dem Instinkt, mit etwas Angeborenem zu tun, wie Sie meinen. Die primitiven Völker kennen dergleichen Raffinements nicht und hätten sie verachtet. Die Wilden wissen nichts davon.«

»Trotzdem«, wandte de Hornes ein, »werden schon im Hohelied Tod und Liebe zusammen genannt: ›Die Liebe ist stark wie der Tod, und die Eifersucht ist hart wie das Grab‹. Zudem«, fuhr er fort, »habe ich einen ausschlaggebenden Beweis dafür, welche geheimen Analogien zwischen beiden bestehen … Es ist eine seltsame Geschichte aus meinem eigenen Leben, an die ich nur mit einer Art von Schauder zurückdenke. Mit fünfundzwanzig Jahren hatte ich eine Geliebte, die ich hauptsächlich wegen ihrer Blässe liebte. Sie war das Bild einer gebrochenen Schönen, und ihr Gang war langsam, als ob sie beständig über Trümmer schritte. Sie lebte allein, von einem brutalen Gatten getrennt. Eines Tages kam ihre Tante an, die sie wie eine Mutter erzogen hatte, und mit ihr ihre jüngere Schwester … Mehrere Tage lang sahen wir uns nicht. Endlich telegraphierte sie mir, ich sollte nach dem Hotel kommen, wo die Ihren abgestiegen waren. Der Tante ginge es schlecht. Sie hätte sie keinen Augenblick verlassen, könnte nicht fort. Trotzdem wollte sie mich sehen und Vorrat an Mut schöpfen, wie sie sagte. Ich ging hin. Kaum waren wir beisammen – es war in einem Wohnzimmer neben der Krankenstube – so wurde ein lauter Schrei nebenan laut und sie stürzte hinein. Einen Augenblick später war es ihre eigene Stimme, die da schrie, rief, mich rief und klagte. Man täuscht sich nie, wenn der Tod in unserer Nähe Einkehr hält. Ich wußte sofort, was geschehen war, und stürzte in das Krankenzimmer. Auf dem Bette lag eine schon totenbleiche Frau mit gebrochenen Augen, den Mund geöffnet wie ein dunkles Loch, aus dem die Seele soeben entfahren war; die Arme längs des Leibes hingestreckt wie geschlagene Waffen. Denken Sie sich diesen Tod im Hotel, allein, von einem Augenblick zum andern, ohne Hilfe und Abschied! In den folgenden Stunden erschien meine Geliebte nur noch edler und ernster; sie war fast ebenso bleich und starr in ihrer Haltung, wie eine Statue, die auf einem Grabe steht. Ihre jüngere Schwester war ganz vernichtet und weinte still in einem Lehnstuhl. Nach Erfüllung der letzten Pflicht mußten noch einige Besorgungen gemacht und gewisse andere Dinge erledigt werden: Standesamt, Trauerkleider, Todesanzeigen. Meine Geliebte wollte dies alles selbst besorgen; sie besaß eine solche Feinfühligkeit in diesen Familienangelegenheiten, daß sie dieselben niemandem anders anvertrauen mochte. Sie bat mich nur, bei ihrer jüngeren Schwester zu bleiben, die sich in dem Sterbezimmer im Hotel allein fürchtete. Ich blieb die ganze lange Dämmerzeit bei ihr. Und nun geschah das Unbegreifliche und Seltsame, was ich zu erzählen habe. Ich suchte die Waise nach besten Kräften aufzurichten und zu trösten. Doch die Worte sind so trivial … Sie selbst fühlte es und sprach nicht. Sie saß neben mir im Zimmer neben dem, das wir nicht mehr zu betreten wagten … Ich wollte eine Lampe anzünden. »Nein«, sagte sie, »das ist unnütz. Lassen Sie mich nicht allein!« Und sie ergriff meine Hände, wie um mir für mein Mitgefühl, meinen Beistand in ihrer Verlassenheit zu danken, mir zu danken, daß ein menschliches Wesen bei ihnen war und ihren Schmerz teilte. Die Tränen verliehen ihrem ganzen Wesen etwas Kindliches. Und ich trocknete diese stillen Tränen … Einen Augenblick drückten ihre Hände die meinen. Ich konnte gewiß an nichts Schlimmes denken. Sie rückte mir ganz nahe, lehnte sich an meine Schulter, wie als ob ihr Kopf zu schwer geworden wäre von der Last so vieler rinnender Tränen. Ungewollt berührten sich unsere Haare und vermischten sich teilweise. Welch verderblicher Wahnsinn flammte plötzlich in uns auf? Hier in diesem Sterbezimmer, neben der nahen Leiche, berührte ihr Antlitz das meine … Und unwillkürlich preßte ihr Mund sich auf meinen Mund, wie auf den Hals einer Flasche. Liebe? Unmöglich! In solchem Augenblick! Das was zu ungeheuerlich, zu gotteslästerlich! Zudem war es ja schon halb dunkel, und ich war ganz in Schatten getaucht, eine undeutliche, unbestimmte, kaum menschliche Gestalt! Ich begriff, daß ich ihr nichts galt, nichts gelten konnte. Ich war nichts als das schnell und notwendige Vergessen in einem allzugroßen Leid.

Sie hatte mich also küssen wollen, wie man ein Narkotikum, wie man Morphium oder Opium nimmt als unfehlbar wirkenden Trank … Auf diese Weise fand sie Vergessen, verlor sie das Bewußtsein des Geschehenen, verirrte sich ins Weite und entrann dem Schmerz in holder Selbstentäußerung. Entsetzliche Szene! Ich zitterte, ich schämte mich. War es nicht meine Schuld?

In den folgenden Tagen wagte ich sie nicht mehr anzusehen. Sie dagegen schien seelenruhig; sie hatte wieder das rätselvolle Gesicht, das ich von früher her kannte, wenn ich sie, so selten es auch war, bei ihrer Schwester traf. Und immer in der Folgezeit die nämliche tiefe Gleichgültigkeit gegen mich, als ob nichts geschehen wäre. Und in der Tat war nichts geschehen. Tod und Liebe hatten sich wieder einmal berührt und durch geheime Gänge verknüpft … Der Tod bildete die aufreizende Nachbarschaft … «

De Hornes hielt eine Weile inne. Die anderen schwiegen. Es war, als wäre das kleine Wohnzimmer weiter und höher geworden, zumal das Dunkel alle Einzelheiten verschlang.

»Und«, fuhr Hornes schnell darauf fort, wie um die Erinnerung und die lange Erzählung abzuschließen, mit der er die Aufmerksamkeit seiner Zuhörer schon lange in Anspruch genommen hatte, »so ist es überall und immer.

Tod und Liebe stoßen aneinander, wie die beiden Abhänge eines Berges. Und darum sagte ich vorhin: ›Niemand hat die Liebe gekannt, wenn er nicht einmal gewünscht hat, mit seiner Geliebten zu sterben.‹ Denn der Punkt, wo die beiden Abhänge sich treffen, ist gerade der Gipfel, die Höhe, der Kulminationspunkt … Dann sind Tod und Liebe nur Eines … «

De Hornes schwieg. In seinen aschgrauen Augen waren die Funken erloschen. Stille herrschte ringsum.

Der alte Meister schien nachzusinnen. Seinem klaren Geist, seiner ganzen Anschauungsweise widerstrebte dieses Zugeständnis des Mysteriums. Nur Valmy stieß ein halblautes: »Jawohl, das sind die okkulten Willenskräfte der Natur« hervor.

Dann sprach keiner mehr ein Wort. Jeder dachte an das Leben, sein Leben. Vom knospenden Garten stieg der Hauch des jungen Frühlings herauf. Aber das kleine Wohnzimmer sah schwermütig aus, so ganz in das Zwielicht versunken … Das Schweigen verschmolz mit der Finsternis, und es war, als hätten Tod und Liebe sich wieder einmal berührt.

Der Umzug

Ich werde die Eindrücke meines letzten Umzuges nie vergessen. Wer oft die Wohnung wechselt, wird dagegen abgehärtet und empfindet den Abschiedsschmerz, die Losreißung nicht mehr. Ich lebte seit zehn Jahren in meiner Wohnung. Mir war, als sollte ein ganzes Stück meines Lebens darin zurückbleiben und untergehen, wie in der Ewigkeit. Wie viele Erinnerungen hingen in welken Gewinden an ihren Wänden! Wie viele verblühte Jugendträume, die mit den jetzt vergilbten Vergoldungen verblaßt und verblichen waren! Und die Gesichter, die sich in diesen Spiegeln fingen, und die jetzt tot oder in der Ferne sind: mir war, als erschienen sie mir zum letztenmal darin, als hätten sie für mich nur dort noch Leben!

Es war im Hochsommer. Ich fühlte mich zum Überfluß auch noch etwas angegriffen und regte mich fast so auf wie ein empfindsames Frauenzimmer. Dieser Umzug war mir wie ein Stück Tod, wie eine zweite Beerdigung.

Ich hatte die Gelegenheit wahrnehmen wollen, um meine Papiere, Manuskripte und Briefe, die sich seit Jahren wahllos in den Schubladen häuften, etwas in Ordnung zu bringen. Vor allein die Briefe, diese tägliche Flut, die Welle auf Welle gekommen war. Sie mußten teils vernichtet, sortiert, gesichtet und folglich wieder gelesen werden! O, die Briefe, die man wieder liest! Die ganze Vergangenheit wacht wieder auf und steht einem vor Augen, trübe, wie durch einen Flor von Tränen hindurch. Das vergilbte Papier hat die Farbe vom alten Leinen. Und die verblichenen Schriftzüge scheinen von selbst ins Nichts zurück zu wollen. O, die alten Briefe! Windeln eines toten Kindes! Aussteuer, von einer Witwe wiedergefunden und in ihren Falten schlafend!

Ich las sie wieder ... Wie viele Dinge, für die man sich begeistert, über die man sich erregt, erzürnt hat, und nun sind sie schon so fern, so eitel, so weit zurück, als waren sie nie gewesen! Und gar die Liebesbriefe, wieviel eitler noch! Man hielt sich für glücklich in der Liebe. Und es sind doch nichts als Ängste und Aufregungen, Vorwürfe und Schmerzen, und wenn hier die Tinte blaß ist, so ist es wohl von Tränen ... Wirklich: war das die Liebe? Ist's immer so mit jeder Liebe? Und in demselben Kästchen lächerliche Angedenken: eine Schleife, ein Ring, eine vertrocknete Rose, das Gespenst einer Blume ... Immer noch Briefe und kein Ende. Und immer noch das Bedürfnis, sie wieder zu lesen, wie ein kleines, hastiges Fieber, das die Wangen rötet ... Man möchte seine Vergangenheit mit allen diesen Briefen wieder aufbauen ... O Kartenhaus!

In einer der Schubladen, die ich in Ordnung zu bringen hatte, fand ich alle meine Familien- und Kindheitserinnerungen wieder. Bilder vor allem, die meinen zuförderst, eins aus meinem siebenten Jahre, ein anderes aus dem fünfzehnten, und meine anderen Gesichter – lauter Konfirmationsgesichter – das heißt auch meine andern Seelen.

Dann andere Bilder, von der Mutter, vom Vater. O! wie sie mich wieder den Schmerz des Todes fühlen ließen! Ich sah sie wieder lebend, glücklich, dort unten in dem großen Provinzhaus, und mich als Kind an ihrer Seite. Das war nun alles vorüber und abgetan auf einem Kirchhof bei Paris, mit ihrem Namen, meinem Namen, auf dem Leichenstein. Und andere, noch ältere Erinnerungen, Familienpapiere, Stammbäume, Militärpapiere des Großvaters, der Soldat war, Ordenspatente, notarielle Akte, Manuskripte von Büchern – lauter Vergangenheiten, die ich wiederfand und Stück für Stück zusammensetzte, mit ihren Freuden, ihren

Kämpfen, ihren Ehren und Trübsalen. Und ich dachte unwillkürlich: das alles wird mein Sohn einst auch durchstöbern – so wenig, das von so viel Leben bleibt! – und noch etwas dazu: mein eigenes Leben, ein paar Papiere mehr im Haufen! O, wie schnell geht alles vorüber! Wie wenig ist man doch! Wie wenig Raum nimmt solch ein Leben ein! Ich ward mir dessen noch deutlicher bewußt, als alles, was ich bei der großen Sichtung zurückbehalten, kaum einen kleinen Koffer füllte.

***

Bei den Vorbereitungen zum Umzug hatte ich auf dem Balkon des Hauses gegenüber ein junges Mädchen erblickt. Es weinte. Ich hatte es schon oft dort stehen sehen, blond und sanft, doch glücklich, wie es schien. Ich dachte mir: »Niemand ist glücklich.« Sie hatte also Schmerzen, denn sie weinte. Am Abend wußte ich, warum. Als die Nacht hereinbrach, sah ich, wie sie immer noch in Tränen wieder auf den Balkon trat und mit ihr zwei oder drei Angehörige von der zahlreichen Familie, die dort wohnte. Alle trugen Trauerkränze, Zweige und Buketts mit Crêpeschleifen und legten sie ins Freie, damit sie sich dort frisch hielten. Es war also jemand von ihnen gestorben! Ein Toter war im Hause gegenüber. Und ich sollte ihm gegenüber schlafen! Dieser Gedanke flößte mir eine wahrhafte Angst ein. Und die Beerdigung, die dann folgte! Wenn sie nicht gar mit meinem Umzug zusammenfiel! … Ein trauriger Eindruck, die Straße, in der man lange gewohnt hat, an die ein großer Teil des Lebens geknüpft bleibt, unter solchen Umständen zu verlassen!

Ich hatte eine schlechte Nacht … Das Nachtlicht in meinem Schlafzimmer schien mir für den Toten drüben zu brennen. Es flackerte unstet und warf gespenstische Schatten an die Decke.

Am nächsten Tage sah ich die Türe gegenüber mit Trauerdraperien ausgeschlagen. Also war das Begräbnis schon heute! Gottlob! dann fiel es wenigstens nicht mit meinem Umzüge zusammen, der für morgen bestellt war! Ich fing wieder an, zu ordnen, zu sichten und zu sortieren: Papiere, Bücher, Manuskripte, Zeitungen, alte Aufsätze, alte Verse, angefangene, aufgegebene, verurteilte Sachen, und noch einmal Briefe, gleichgültige Briefe zum Zerreißen, oder von Freundeshand zum teuren Angedenken, zu später Erinnerung oder zum Trost, wenn die unausbleibliche Stunde des Verrats, der Verleumdung schlagen würde. Wie lange dauert wohl eine treue Freundschaft? O, wie traurig ist das Leben! Wie traurig ist alles! Und folglich auch der Tod ... Ich hatte ihn ja jetzt vor mir, und besonders deutlich, denn die Fenstervorhänge waren schon abgenommen und meine Fenster waren kahl.

Hinter der drapierten Tür im Vestibül hatten sie den Sarg aufgestellt. Die Beerdigung stand bevor. Ich sah auf der Straße eine Wolke von weißgekleideten Mädchen im Konfirmationskleide. Jetzt wurde mir alles klar. Ich entsann mich der Einzelheiten, die ganz aus meinem Gedächtnis entschwunden waren. Zum Beispiel hatte ich oft ein leises, trockenes, hohles Husten gehört und mir sogar jedesmal gesagt, wenn ich es hörte: »Das ist ein böser Husten!« Ich entsann mich auch eines Abends im vergangenen Frühjahr, wo ein großes Fest in diesem Zimmer gewesen war. Ich hatte zugesehen, weil die meisten Gäste junge, weißgekleidete Madchen waren. Ich hatte mir gesagt: »Das ist eine Konfirmationsfeier.« Und ich hatte lange hingesehen. Es war ein liebliches Bild, diese weißen Mousselinkleider im Lampenschein auf der anderen Seite der Straße. Heute waren die kleinen Mädchen in Weiß wieder gekommen. O, die Konfirmandin, der die Feier galt! Sie war es, die jetzt tot war ...

Der Zug setzte sich in Bewegung. Lauter Weiß in der Juli-
sonne, die Decke auf dem Sarg weiß, und eine ganze Ernte
von weißen Zweigen und Kränzen, bleich wie das Mondlicht. Und ringsumher wogten die jungen Mädchen wie
weiße Schwäne. Dahinter eine schwarze Schar im düstren
Crêpe, der ganze düstre Schmerz der Verwandten, die das
Leben kannten. Lange folgte ich dem Zug mit den Augen.

Ein paar Minuten später hielt der grüne Wagen des
Beerdigungsinstituts vor der Tür. Der geraffte Trauervor-
hang wurde mitsamt seinen Haltern von der Hausfront
entfernt, die Draperien abgenommen und zusammenge-
legt, die Kandelaber, die Böcke und alles Zubehör dieses
beweglichen Trauergerüstes aufgepackt. Einen Augenblick später war keine Spur von Tod und Leichenzug mehr
übrig. Das Haus fiel nicht mehr auf, es war bereits wieder
wie die andern. Die Leute hatten geschwind und sorglos gearbeitet – wie beim Umziehen. Ja, der Tod ist ein
Umziehen ... Und das Umziehen ein Stück Tod. Ich fühlte
es nächsten Morgen doppelt. Ich hatte wieder schlecht
geschlafen. Gegen Morgen lag ich im Halbschlummer, wo
Traum und Wirklichkeit ineinander überfließen und die
Grenze zwischen den Empfindungen sich verwischt, eine
Art Helldunkel des Bewußtseins. Ich hörte Schritte, ich
glaubte, die Möbelwagen wären schon da und die Packer
auch. Dann trat wieder die Erinnerung an den gestrigen
Leichenzug dazwischen, und mir war, als sähe ich auch
den Leichenwagen unten auf der Straße und die Leute
des Beerdigungsinstituts ... Sie hatten eine Verwechslung
begangen ... Die, welche den Umzug besorgen sollten,
nahmen den Sarg, und die Sargmänner kamen zu mir, um
die Möbel abzuholen. Ich fuhr jäh aus dem Schlaf empor,
wie aus einem Albtraume. Ich riß das Fenster auf, damit
die frische Morgenluft mir den Spuk von Antlitz und Seele
abwüsche. Die Umzugswagen waren wirklich schon da und

standen unten in der leeren Straße. Einen Augenblick später erschienen die Leute in meiner Wohnung und ergriffen mit der unerbittlichen automatischen Geschwindigkeit starker, gedankenloser Menschen alsbald meine Möbel, Sessel, Bilder, Bettgestelle, Bücher und Kleinigkeiten, alle meine Erinnerungen, all mein Leben, das nun die Treppen hinunterrumpelte.

Ich dachte an die Sargmänner, die gestern gegenüber mit derselben unglaublichen Geschwindigkeit den ganzen Apparat des Todes in den Wagen geladen hatten. In diesem Augenblick wurde mein Leben aufgeladen. War das mein Leben? So wenig Raum nahm es also ein? Waren das meine Möbel? O wie häßlich sahen sie aus in ihren Überzügen, mit Tüchern und Staub bedeckt, und so dicht aufeinander gepackt in dem grellen Tageslicht! Ja, es war ganz wie eine Beerdigung, die Grablegung eines Teils von meinem Leben – und meine Möbel standen um meine Tür herum wie arme Verwandte. Ich dachte noch einmal an die gestrige Beerdigung. Eine Leiche ist immer häßlich. Das kleine Mädchen mit dem hohlen Husten war gewiß auch häßlich gewesen in seinem Sarge ...

Bald war alles aufgeladen. Mein Zimmer war leer. Ich erkannte es nicht wieder ... Es war nichts mehr von mir darin. Es war sich selbst wiedergegeben. Auch das Vestibül drunten war schnell ausgeräumt.

Es bewahrte die Spur meines Lebens nicht länger, als das andere gegenüber die Spur des Todes bewahrt hatte.

Und als der Möbelwagen von bannen rollte, um die Ecke bog und verschwand, da war es mir, als trüge ein Leichenwagen die Zeit davon, die ich hier verlebt hatte, die Zeit von zehn Jahren, – das Alter der Konfirmandin von gegenüber, – die auch tot war.

Der Spiegelfreund

Wahnsinn ist oft nur die Steigerung eines Gefühls, das zu Anfang rein künstlerisch und verfeinert erscheinen kann. Ich hatte einen Freund, dessen Wahnsinnsausbruch und dramatischen Tod im Irrenhause ich hier erzählen will. Sein Leiden äußerte sich zunächst auf ganz harmlose Weise und schien lediglich der Ausfluß eines poetischen Gemüts zu sein. Er hatte eine Vorliebe für Spiegel, weiter nichts. Er fühlte sich von ihnen angezogen, beugte sich über ihr flüssiges Geheimnis und betrachtete sie wie Fenster in die Unendlichkeit. Er fürchtete sie auch ein wenig. Eines Abends, als er von langer Abwesenheit heimkehrte, von einer seiner gewohnten langen Reisen, fand ich ihn in ängstlicher Spannung.

»Ich reise heute nacht wieder ab«, sagte er zu mir.

»Ich denke, du wolltest diesmal den ganzen Winter bleiben.«

»Freilich, aber ich reise doch ab, und zwar gleich. Dies Zimmer ist mir zu feindlich ... Die Örtlichkeiten verlassen uns mehr, als wir sie. Ich fühle mich fremd in diesen Räumen, meine eigenen Möbel erkennen mich nicht mehr. Ich könnte es hier nicht aushalten. Hier herrscht ein Schweigen, das ich störe ... Alles ist mir feindlich ... Und eben, als ich am Spiegel vorbeiging, erschrak ich ... Es war, als ob ein Wasser sich vor mir auftäte und wieder zusammenschlüge ... «

Ich wunderte mich nicht über diese Worte. Ich wußte, mein Freund war sehr empfindlich, und ich kannte zudem jene Eindrücke bei der Heimkehr, wenn man seine verlassene Wohnung wieder betritt. Es riecht nach Staub, nach verschlossenen Räumen, und dazu die Unordnung und Schwermut der Gegenstände, die in unserer Abwesenheit ein wenig gestorben scheinen ... O Wehmut verrauschter Feste! Späte Heimkehr nach der Reise, wo man alles vergaß! Es ist, als ob all unser Kummer daheim geblieben ist und uns nun empfängt! ...

Ich verstand also die Empfindung meines Freundes bei seiner Rückkehr; wir alle haben sie mehr oder weniger, wenn es gilt, das alltägliche Leben wieder aufzunehmen. Da er übrigens reich und ungebunden war, so war es natürlich, daß die Laune des Augenblickes den Ausschlag gab ...

Trotzdem reiste er nicht ab. Ich traf ihn nach einigen Tagen wieder. Er war leidend, sagte er.

»Trotzdem siehst du ausgezeichnet aus ... «

»Das sagst du mir zur Beruhigung. Aber ich weiß es besser. Ich sehe mich in den Spiegeln und Spiegelscheiben ... Du weißt gar nicht, wie mich das quält, wie ich darunter leide. Ich gehe aus. Ich fühle mich wohl, ich halte mich für gesund. Die Spiegel lauern mir auf. Es gibt jetzt überall welche, bei den Modisten und Friseuren, ja, selbst bei den Weinhändlern und Drogisten. Oh, diese verwünschten Spiegel! Sie leben vom Widerschein. Sie passen den Vorübergehenden auf. Man geht vorbei und achtet nicht darauf. Und plötzlich sieht man sich mit gelber Farbe, magerem Gesicht, die Lippen und Augen wie kranke Blumen. Sie nehmen uns vielleicht unsre frischen Farben. Wir sind blaß, weil wir ihnen unsre Farben geben ... Die Gesundheit, die wir besitzen, verliert sich in ihnen, wie ein schöner Fisch im Wasser ... «

Ich hatte den Worten meines Freundes zugehört, als ob er sich wieder einmal in jenen geistreichen Spielen des Gedankens gefiele, auf die er sich so meisterhaft verstand. Er war ein Künstler der Unterhaltung, reich, aber gewählt.

Überall entdeckte er geheime Analogien und wunderbare Beziehungen zwischen Dingen und Gedanken ... Sein Redefluß strömte in kunstvollen Sätzen und streifte oft das Unbekannte. Aber diesmal schien er keinen Phantasien nachzuhängen, keinem visionären Müßiggängertum zu fröhnen. Er schien tatsächlich voller Unruhe und Besorgnis über die Anzeichen von Krankheit, die er in den Spiegelscheiben erblickte.

Ich sagte ihm: »Jeder sieht schlecht aus in diesen Spiegeln. Man sieht sich immer entstellt darin, blaß oder grünlich, mit blutlosen oder violetten Lippen ... Man erblickt sich dick oder hager, zu lang oder zu breit, ganz wie in den Hohl- oder Konvexspiegeln auf den Jahrmärkten. Man sieht immer häßlich darin aus. Aber sie lügen. Wir sind nur häßlich von ihrer Häßlichkeit, nur bleich von ihrer Krankheit.«

»Vielleicht«, sagte mein Freund nachdenklich werdend und mit einem Anflug von Hoffnung. »Es sind Spiegel von schlechtem Glas, armselige Dinger, und darum können sie unser Ebenbild nur in armseliger Entstellung widerspiegeln ...«

***

Ich ahnte nicht, daß meine Worte auf Gedanken und Schicksal meines Freundes einen entscheidenden Einfluß haben sollten. Er glaubte mir, daß die Spiegelscheiben auf den Straßen kein treues Bild gäben, und wollte bei sich »ehrliche« Spiegel haben, das heißt tadellose Spiegel von bestem Staniol, die sein Gesicht bis zum kleinsten Zuge restlos wiedergaben. Und da das Zeugnis eines einzigen nicht genügte und nichts bewies, so wollte er mehrere haben, immer neue, in denen er sich unaufhörlich bespiegelte, verglich, gegenüberstellte. Er bekam eine immer stärkere Vorliebe für reiche Spiegel – aus Haß gegen die armseligen, heuchlerischen, lügnerischen Spiegelscheiben, die ihn zum Kranken gestempelt hatten. Er legte sich also nichtsahnend eine Sammlung an ... Spiegel in alten Rahmen, im Louis XV.- und Louis XVI.-Stil, deren vergilbtes Goldoval das Spiegelglas umgab, wie ein Kranz von Herbstlaub einen Brunnenrand ... Venetianische Spiegel mit Glaseinfassung, Spiegel in Schildpattrahmen, in zisseliertem Metall, in eingelegter Arbeit mit Girlanden, eingelassene Spiegel aus getäfelten Wänden – lauter seltene, alte, originelle Spiegel. Einige darunter waren durch die Zeit grün geworden. Man sah sich darin wie in einem Wasserspiegel. Aber mein Freund litt nicht mehr darunter wie bei den Spiegelscheiben. Er wußte jetzt Bescheid. Er betrachtete sich darin wie sein zweites, zeitloses, in die Vergangenheit entrücktes Ich ... Er sah sich von rückwärts, so wie er später sein würde, wie er seinen Freunden jetzt schon erscheinen mußte, durch die Trennung verblaßt und abgeschwächt. Denn er ging nicht mehr aus.

Die Spiegelscheiben in den Läden schreckten ihn ab, sie raubten ihm alle Hoffnung auf Gesundheit ... Aber in seinen eigenen Spiegeln, die neu waren, sah er gut aus, hatte er frische Farben und rote Lippen.

»Ich bin gesund«, sagte er mir eines Tages, als ich zu Besuch kam. »Sieh nur, wie wohl ich in meinen Spiegeln aussehe. Die Spiegelscheiben auf den Straßen haben mich krank gemacht ... Ich gehe darum auch nicht mehr aus ... «

»Nie mehr?«

»Nein, man gewöhnt sich daran.«

Mein Freund sprach ruhig und mit wehmütiger Entsagung. Ich glaubte immer noch, er triebe einen seiner seinen, ironischen Scherze, in denen seine bizarre Laune sich oft gefiel. Sonst war er ja auf dem besten Wege verrückt zu werden. Um Gewißheit darüber zu haben, suchte ich ihn in die prosaische Wirklichkeit zurückzuversetzen.

»Und die Frauen?«, fragte ich. »Bei dieser totalen Abschließung? … Du, der sie so sehr liebte und ihnen bisweilen auf den Straßen nachlief? … «

Mein Freund machte ein geheimnisvolles Gesicht und blickte nacheinander in alle seine Spiegel, alte und neue.

»Jeder ist wie die Straße«, sagte er. »Alle diese Spiegel stehen miteinander in Verbindung wie die Straßen. Sie sind wie eine große, lichte Stadt. Und ich verfolge in ihnen auch Frauen, Frauen, die sich darin gespiegelt haben, verstehst du, und nun auf ewig darin haften … Frauen des vergangenen Jahrhunderts in meinen alten Spiegeln, gepuderte Damen, die Marie Antoinette gesehen haben … Gewiß verfolge ich noch Frauen … Aber sie gehen schnell, sie wollen sich nicht anreden lassen, sie spüren mich von Spiegel zu Spiegel aus, wie von Straße zu Straße. Und ich verliere sie aus den Augen. Ich rede sie manchmal an. Und ich habe Stelldicheins … «

***

Bald stellten sich bei meinem Freunde alle Anzeichen von Geistesgestörtheit ein. Er verlor das Bewußtsein seiner Identität. Er ging vor seinen Spiegeln hin und her, ohne sich zu erkennen, und grüßte sich tief. Er hatte auch keinen Begriff mehr von der Eigenschaft der Spiegel. Er liebte sie gewiß noch immer und bereicherte seine Sammlung sogar noch, hängte überall welche hin, so daß sie sich gegenüberhingen und die Wände seiner Wohnung zurückzutreten schienen, um eine endlose Flucht von Spiegelzimmern zu bilden. Es war ein Weg ohne Ende, ein ewiges Sichselbstbegegnen. Mein Freund wußte nicht mehr, daß es Spiegelungen waren. Nicht nur betrachtete er sein eigenes Konterfei wie einen Fremden, es erschien ihm auch nicht mehr wie ein Abbild, sondern als ein Mensch von Fleisch und Blut. Und bei der Menge von Spiegeln, die kreuz und quer an allen Wänden hingen, wurde das eine Bild des Einsamen überall zurückgeworfen und unzählige Male verdoppelt, so daß es schließlich zu einer unendlichen Menschenmenge anwuchs, und diese war um so bedrohlicher, als sie aus lauter Zwillingen und Doppelgängern des ersten zu bestehen schien, der durch einen geheimnisvollen Zwischenraum stets von ihnen getrennt und für sich allein blieb ...

Zu dieser Zeit traf ich meinen Freund zum letztenmal zu Hause. Er schien glücklich und zeigte mir alle seine reichen und seltenen Spiegel mit ihren unendlichen Tiefen, die sein Bild zurückwarfen, wie in einer Höhle die Stimme tausendfältig widerhallt. »Siehst du«, sagte er, »ich bin nicht mehr allein. Ich lebte zu einsam. Aber Freunde – das ist so sonderbar, so anders als man selbst! Jetzt lebe ich mit einer großen Menge – in der jeder mir gleicht.«

Bald nachher mußte er in eine Anstalt gebracht werden; er hatte einige Exzentritäten begangen, die zu Aufläufen und Skandalen vor seinem Fenster Veranlassung gaben. Er war folgsam und sehr sanft; nur das schmerzte ihn, daß er statt seiner schönen Spiegelsammlung nichts als einen einzigen Spiegel in seinem Krankenzimmer hatte. Doch fügte er sich bald auch darein. Er liebte ihn allein ebenso, wie er alle andern geliebt hatte ... Er behauptete, Wunderdinge darin zu erblicken und Frauen zu verfolgen, die ihn liebten ... Als das Leiden sich verschlimmerte und er häufig Fieberanfälle hatte, sagte er: »Mir ist heiß.« Und eine Minute darauf: »Ich friere.« Dabei klapperte er mit den Zähnen. Eines Tages setzte er hinzu: »Es muß sehr schön in dem Spiegel sein! Ich muß einmal hineingehen.« Seine Wärter achteten nicht darauf. Sie waren an seine geheimnisvollen Selbstgespräche gewöhnt. Und dann mißtraute auch keiner diesem sanften, folgsamen Kranken, dessen ganzer Wahnsinn in zu schönen Träumen zu bestehen schien ...

Eines Morgens fand man ihn blutüberströmt und mit offenem Schädel vor dem Kamin seines Zimmers. Er röchelte noch ... Er hatte sich in der Nacht in den Spiegel gestürzt, um wirklich hineinzukommen und die Frauen anzureden, die er schon lange darin verfolgte, oder sich endlich unter die Menge zu mischen, in der jeder ihm glich.

Am Abend

An diesem frühen Septemberabend ziehen Liebespaare vor meinen Fenstern vorbei, zahlreich, ununterbrochen, hastig dem einsamen Boulevard zustrebend. Man möchte sagen, sie sind auf der Flucht. Sie sind den benachbarten Straßen mit ihrem Lärm und Geschäftstreiben, ihren Pferdebahnen und Cafés entronnen, um sich in die plötzliche Stille einer fast verlassenen Straße zu retten. Unverhoffte Erfrischung! Mächtige Bäume werfen Schattenkreise über das Halbdunkel der Bürgersteige. Paar auf Paar folgt sich. Sie suchen eine weniger belebte Stadtgegend auf. Und plötzlich ist es, als ob sich das offene Land vor ihnen auftäte. Die Festungswälle zeichnen Hügelprofile an den Nachthimmel. Man hört Blätter rauschen und den Wind durch das Gras säuseln. Er kommt von weit her geweht. Man fühlt sich wie auf der Reise. O, dies Bedürfnis nach Einsamkeit bei allen Liebenden! Sie möchten endlich für sich sein. Es gibt Dinge, die Liebende nur dann fühlen und sich sagen, wenn sie im Schoße der Natur oder angesichts des Abends sind. Die Paare gehen und kommen. Es ist eine ununterbrochene Reihe. Unaufhörlich kommen neue. Die Einen sind ohne Zweifel erst ein paar Schritte zusammen gegangen. Andere reden sich gerade vor meiner Wohnung an ... Alle diese abendlichen Paare gleichen sich und machen sozusagen dieselben Gebärden. Immer geht der Mann am Arme des Mädchens. Warum? Das ist ein Zeichen, daß die Beziehungen erst angefangen haben. Der Mann demütigt sich. Er scheint sich unterzuordnen. Sein Arm gleitet schmeichelnd in den des Mädchens, in die Nähe ihres

Herzens. Ist dies eine Taktik der langsamen Eroberung? Eine instinktive Erkenntnis der Abhängigkeit und Sklaverei? O Demut der Mannesliebe! Statt den Arm zu bieten, nimmt er ihn. Ein Zugeständnis der Unterordnung, ein Efeuranken an der Mauer. Er stützt sich auf sie und läßt sich führen. Er ist nicht der Herr, sie ist alle Zeit die Herrin, wie der Sprachgebrauch es unbewußt zugesteht. Aber die Liebe macht im Anfang gleich, sie unterbindet diesen Kampf der Großmut. Die Liebenden, obschon der Mann sich unterworfen hat, als er den Arm des Weibes nahm, gehen in gleichem Schritt. Das ist das sicherste Zeichen aller dieser Paare, die jetzt vor meinen Fenstern in die sinkende Nacht hinausspazieren. Sie gehen im Gleichschritt. Ein idealer Einklang herrscht in ihrem Gange. O Wunder der Liebe, die da gleichmacht! Diese Einheit des Paares! Und darum empfinden beide auch zugleich und in derselben Weise. In die sinkende Nacht hinein gehen die Liebenden, nicht nur körperlich gleich, auch geistig. Wie sie dahinschreiten, diese abendlichen Paare! Sie sprechen wenig. Man hört ihre Stimmen nicht, es ist ein vertrauliches Geflüster. Die Festungswälle werden schwärzer, drohend …

Wehmütige Trompetensignale klagen in die Ferne. Ohne Zweifel lieben die Liebenden diese Schwermut, da sie sich dorthin aufgemacht haben. Sie beschleunigen ihre Schritte. Die Sonne verflammt. Es ist, als fürchteten sie, von dem Schatten verschlungen zu werden, in dem sie sich nicht mehr sehen können. Wie sie wiegenden Schrittes vorbeiziehen, diese abendlichen Paare, alle in denselben ernsten Traum versenkt! Alle scheinen sie fast traurig jetzt. Ist es wegen des Abends? Oder um ihrer selbst willen?

***

Ich blicke ihnen nach, ich begleite und beobachte sie, ich beneide sie, setze sie zusammen und löse sie wie Rätsel, wie zerstreute Mosaiken von einem und demselben Grabe. Welch ein verlockendes Mysterium liegt doch in diesen vorüberziehenden Problemen. Eine einzige Seite des Romans wird uns gegeben, und wir wissen nicht, wie er angefangen hat ... Welch geheime Freude, in sich zu vollenden, sein Ende und seinen Anfang zu erraten!

Es ist manchmal ganz einfach. Dies ist ein Paar aus dem Volke, das Mädchen in rosa Kattunbluse, gebräunt, schlank und feurig jedenfalls das älteste Kind einer zahlreichen Familie drunten in einer der großen Arbeitervorstädte. Ihr Lenz bereitet ihr Pein. Sie wird augenscheinlich nicht zu viel Umstände machen, wenn die Nacht ganz herabgesunken ist ... Der Mann ist ein Erdarbeiter, der von seiner schweren, schmutzigen Arbeit kommt. Zäher Staub sprenkelt seine Backen, seine Hände und den blauen Sammet seines Kittels gelb. Aber unter dem Staub lachen seine grünlichen Augen, blitzen seine schneeweißen Zähne, brennt die blonde Flamme seines Schnurrbarts. Man sieht, er braucht sein Gesicht nur ins Wasser zu tauchen, um es frisch und frei hervorzuziehen, in der Schönheit der Jugend und des Volksblutes. Trotzdem sind auch sie nicht fröhlich.

Sie sind ernst. Es ist vielleicht das erstemal, wo sie sich ein Stelldichein gegeben haben und allein gehen. Also ist es auch das erstemal, wo sie sich Gedanken machen. Sie denken an die Zukunft, das harte Leben, die Kinder, den kargen Lohn. Sie fürchten sich bereits. Ich verfolge ihr Schicksal nicht ohne Schwermut. Heute sind es noch die schönen Lügen, die gierigen Küsse, der weiße Wein und die Leckereien unter der Sommerlaube eines Weinhändlers da unten.

Die meisten anderen Paare sind schwerer zu lösen. Junge Leute ohne ausgeprägte Individualität, Ladendiener, kleine Beamte und Künstler, Arm in Arm mit Arbeiterinnen, Modellen, Lehrerinnen und bisweilen auch Unbekannten, die sie eines Tages auf gut Glück angesprochen haben, und von denen sie nichts wissen. Namentlich die Mädchen weisen mannigfache und verwickelte Typen auf. Einige sind kleine frühreife Dinger von sechzehn Jahren, deren Brust sich unter ihrem Tuchkittel schüchtern rundet. Andere sind zwischen dreißig und vierzig, Witwen, geschiedene Frauen, die unglücklich waren; es sind Die, welche »zum zweitenmal anfangen«, die unheilbar Sehnsüchtigen, die immer noch hoffen und nach zwanzig Verhältnissen sich noch einbilden, daß sie die richtige Liebe noch nicht gefunden haben.

Ach, alles, was sich sucht, anbietet, zugrunde richtet, täuscht, geht Schulter an Schulter neben dem Glück! Hat man je eine Wahl über seine Liebe? Das Schicksal knüpft die Fäden und hält sie von Urbeginn an in festen Händen ... Jetzt kommt ein neues Paar gegangen. Wer hat es zusammengeführt? Welcher Zufall hat aus diesen beiden Menschen ein Liebespaar gemacht? Das junge Weib ist so vertrauensvoll. Sie geht schräg vor ihrem Liebhaber her, um ihm ins Gesicht zu blicken, es sich einzuprägen und gleichsam wiederzuspiegeln. Vielleicht kommt es daher, daß die Liebenden sich schließlich ähneln, wie das Meer der Sonne ähnelt, wenn es sie wiederspiegelt und auftrinkt.

Der Liebhaber geht diesmal nicht im Gleichschritt; sein Gang ist schneller. Auch er hat den Arm des Weibes ergriffen, aber nur, um seinen Arm um ihre Hüften zu schlingen. Es ist die Umarmung einer Schlange, die sich auf gewundene Weise einschmeichelt. Der Mann macht einen schlechten Eindruck. Er hat etwas Zweifelhaftes. Sein Gesicht trägt einen falschen Zug, er zeigt beim Sprechen nur sein Profil und fährt fort, seinen eigenen Schritt zu gehen. Seine Gefährtin merkt es nicht. Sie ist vertrauensvoll. Ach, wie bald wird ihr Traum zerronnen sein! Sie glaubt an ihn. Sie hat nur ein Wort auf den Lippen?

»Ewig!« Und er – er denkt ohne Zweifel schon an den Bruch. Er will diese, wie er viele andere gewollt hat, aber nicht für lange. Vor allem liegt ihm an der Freiheit. O, welches Unheil ist hier im Zuge! Armes Mädchen, das nichts sieht, nichts fürchtet und dahingeht wie auf einem Feste, mit wiegenden Schritten, den Schritten der Wiege, die sie vielleicht schon selbst ist! … Und dann – um der Schande zu entgehen, die ihr in dem strengen Beamtenhaushalt ihrer Eltern droht –, dann geht sie in den Tod, mit dieser selben verzückten, schlafwandlerischen Miene, in die Seine, in die Morgue …

Wie sie sich gegenseitig anlocken, diese abendlichen Paare! In diesem Augenblick gehen sie in gleichem Schritt und Tritt. Aber bald wird jeder wieder seine eigenen Wege gehen. Arme Liebende, von denen der eine schnell den hastigen Schritt des Lebens wieder aufnimmt, während der andere im wiegenden Schritt der Liebe weiter gehen will! Wehe dem, der dem Schicksal trotzt! Wehe dem, der zu heiß liebt! Liebe und Tod sind durch geheimnisvolle Gänge mit einander verbunden, und man kommt von dem einen so schnell zum andern. Die Nacktheit der Liebe gewöhnt uns an die Nacktheit des Todes. Dieser Gedanke will nicht von mir weichen, während die Paare in das wachsende Dunkel hineinwandern … Die schwärmerische Geliebte von eben mit dem arglistigen Liebhaber wird den Sturz aus so hohen Träumen nicht entsagungsvoll hinnehmen. Ein unheimliches Feuer glühte in ihren Augen. Sie gehört zu denen, die lieber Tod als Entsagung wählen. Ich sehe ihr helles Haar in der Ferne noch unter dem schwarzen Hut leuchten, noch feuriger und fast rot im Dämmerschein … Ein Blutflecken, der schon geboren ist, und den sie allein noch nicht sieht …

Ein anderes Paar naht. Es ist noch ganz jung. Das Mädchen weint. Dies ist gewiß ein Liebespaar, das Verdruß hat.

Sie erzählen sich von den neuen Hindernissen, den Auftritten, dem Widerspruch der Eltern, der Unmöglichkeit, sich anzugehören. O, wenn nur der Name des Todes nicht unter ihren Worten fällt! Die Versuchung wäre zu stark. Welch jähe Wonne bringt nicht der Gedanke, daß man sich angehören könnte und dann sterben! Von der Wollust in den Tod zu gehen, ohne die Umarmung zu lösen! Die Gewißheit zu haben, daß die Liebe nie abflauen kann! Auch dieses Paar scheint Blut auf sich zu haben. Die letzten Sonnenstrahlen gießen Rot auf sie. Sie sind bereits gezeichnet.

Die Dunkelheit ist ganz herabgesunken, und alles löst sich in Schatten auf; die Festungsböschungen tragen die Farbe der Nacht. Und wenn etwa noch ein verspätetes Paar sich unter meinen Fenstern trifft, so ist es mir, als sähe ich Tod und Liebe als engverschlungenes, unsterbliches Paar ins Dunkle eilen …

Die Stadt

Sie weilten seit einigen Tagen in der toten Stadt. Ihr Aufbruch von Paris glich einer jähen Flucht. Sie hatten sich plötzlich ein Herz gefaßt, denn sie waren der Lügen und Verheimlichungen, der kurzen Begegnungen und flüchtigen Küsse, der ganzen Misere des Ehebruchs müde. Jede wahre Liebe schämt sich ihrer, wie ein König, der in Lumpen geht, um sich zu retten. Und ihre Liebe war edel und sollte das frei eingestehen. Sie wollte ihren Mann verlassen und er seine Frau, denn ihr Unstern hatte gewollt, daß sie beide unglücklich verheiratet waren. Sie wollten also ihr Schicksal verbessern. Und so war es denn geschehen.

Jetzt besaßen sie sich endlich! Und sie fanden hier alles, was sie brauchten: ein neues Land für ihr neues Leben. Alles fing von vorn an, nichts lag hinter ihnen. Sie kamen sich vor, wie junge Eheleute, wie ein glückliches Paar, das sich genug ist und mit der Ausschließlichkeit jeder tiefen Leidenschaft nach Einsamkeit verlangt und nach einer Stille, in der es nichts hört als sich selbst …

Sie hatten sich also eine tote Stadt gewählt, die durch Bücher und die Begeisterung der Reisenden in Mode gekommen war, fernab im Norden und im Nebel. Sie schien so weit zu sein und war doch so nahe. Kaum einen Tag Eisenbahnfahrt, und schon waren sie sich wiedergegeben. Paris lag ihnen gleich so fern, und so fern auch ihre Vergangenheit. O, dieser plötzliche Abstand der Fremde und der Reise! Alles war hier so anders, die Leute auf den Straßen, die Häuser, die Färbung der Luft und der Himmel über den Dächern, ein niedriger, tief herabhängender

Himmel mit scharf umrissenen Wolken, wie auf einem Gemälde ... Ein Hintergrund ohnegleichen, eine feine, silbergraue Atmosphäre und ein Rost der Zeiten auf den alten Mauern, ein ganzes schillerndes Wunder für Maleraugen. Er hatte sich vorgenommen, hier in der Stille zu arbeiten und diese unvergleichlichen Stadtbilder festzubannen. Es war ein jungfräulicher Gegenstand! Und welch ein Ruhm, das alles zu malen! ...

Die beiden Liebenden hatten in einem alten Gasthause am Marktplatz, dem Belfried gegenüber, Wohnung genommen. Sie hatten sich hier eingemietet, weil es so altertümlich aussah mit seinem getreppten Giebel, darunter die rote Ziegelfront mit den frischen weißen Kalkstreifen zwischen den Steinen. Sie hatten auch gelesen, daß der große Michelet auf einer Reise hier vor sechzig Jahren abgestiegen war. Er, der über Weib und Liebe so lichtvolle und zartfühlende Worte geschrieben hatte, würde unsichtbar bei ihnen weilen; sein Bild, das diese Spiegel aufgefangen, würde sie lächelnd umschweben wie ein gütiger Schutzgeist ...

O, Süße der ersten zusammen verlebten Zeiten! Sie hatten sich endlich erobert! Sie begannen sich gegenseitig zu erfassen. Sie begannen auch die Stadt zu erfassen. Es war eine tiefe Trunkenheit ...

Die Tage flossen eintönig dahin. Aber ist das wahre Glück nicht immer eintönig? Sie schlenderten an den Kanälen entlang, in denen ein lebloses Wasser träumt. Bisweilen betrachten sie sich von den Brücken herab in diesem Wasser der Kanäle. Eine leere Flut, in der sich nichts zeigte als ihr Abbild ... Ihre Gesichter schmiegten sich aneinander, aber sie waren ganz bleich, ganz fern, in einem Abstande, der dem ihres Fernseins und der Erinnerung glich. Sie sahen so traurig aus in diesem Spiegel! Es war, als betrübte es sie, nur mehr als ein Abglanz, ein flüchtiges Bild zu sein, das auf dem Wasser bebt und darin versinkt ...

Eine tiefe Schwermut herrschte überall. Und ihre Liebe bekam etwas davon ab, sie wurde matter und zärtlicher. Es war etwas von der Liebe, wie man sie vor der Trennung fühlt. Es war wie Liebe in einem Lande, wo Krieg herrscht, wie in einer Stadt voller Seuchen. Eine Liebe, die durch die Nähe des Todes herausgefordert wird ... Denn hier herrschte der Tod. Die Stadt war wie ein Museum des Todes. Er wollte jeden Tag an die Arbeit gehen. Aber wozu doch wirken und schaffen in dieser Stille, wo alles zerfiel? Voll Überschwang hatte er die Bilder der alten Meister betrachtet, die hier aufbewahrt wurden: Triptychen der Verkündigung und Kreuzigung, Reliquienbehälter mit miniaturhaft feinen Medaillons und Bildern der knieenden Stifter auf den Seitenflügeln – lauter Meisterwerke der alten Maler, deren Finger Gott berührten wie die der Priester! Sie hatten gemalt, wie man betet.

Was sollte man nach ihnen versuchen? Die Vergeblichkeit des Bemühens war zu augenscheinlich. Und dazu der Stachel des Ruhmes, die Vergänglichkeit der Tage, die Grausamkeit des Lebens, das mit den Geschöpfen weniger Mitleid hat als mit den Dingen und alle die gemalten Gesichter dort erhält, während die von Fleisch und Bein zu Gott weiß welchem Schmutz und Staub geworden sind!

Die beiden Liebenden verbrachten die Tage in langsamem Umherstreifen ... Bisweilen gerieten sie wohl auch in eine Kirche. Aber auch hier wich der Bann des Todes nicht ... Der Boden war bedeckt mit großen Leichensteinen, unter denen Bischöfe, Erbauer, berühmte Pfarrkinder schliefen, und ihre Namen, Titel, Geburts- und Todestage waren unter dem Schritt der Jahrhunderte allmählich verwischt ... Es war ihnen, als ob ihre Liebe über den Tod schritte.

Selbst in den Nächten, in denen Kuß auf Kuß sich folgte, erschraken sie bisweilen über das Glockenspiel, das alle

Viertelstunden von dem Belfried herüberschallte. Ein langsamer, unbestimmter Klang, der von weither zu kommen schien, von ihrer Kindheit her und aus dem Schoß der Zeiten ... Es war wie der Fall eines welken Blumenstraußes, wie ein Herbst von Klängen, der seine toten Blätter über die Stadt ausschüttete ... Die Liebenden lauschten, von banger Unruhe ergriffen. Ihre Küsse stockten. Grollte die fromme Stadt ihrer Liebe? Und forderte ihre Lebensglut in diesen stillen Stunden wohl gar den Tod heraus, der hier herrschte? Zögernd suchten sich ihre Lippen wieder, wenn der letzte Schlag verklungen war. Und lange noch behielten ihre Küsse den Nachgeschmack von kalter Asche ...

Auch das Glockenspiel wirkte entmutigend, wie die Nähe des Todes ...

Sie begann sich zu langweilen. Und gerade sie hatte den Gedanken gehabt, hierher zu gehen. Alle Liebenden haben diese Sucht nach Einsamkeit, um nur für sich zu leben. Sie schaffen sich gegenseitig eine neue Welt, in der sie nur zu zweit sind. Aber diese beiden hatten den Tod nicht mitgerechnet, der sich hier plötzlich dazwischendrängte ... Ja, ihre Liebe schritt über den Tod. Alles in der toten Stadt war unaufhörlich im Sterben. Sie war als verwöhnte Pariserin in allen Geruchsempfindungen Meisterin und besaß ein scharfes Unterscheidungsvermögen, eine verfeinerte Entwicklung des Geruchsinnes.

Hier trug alles den Geruch des Todes ... Die alten Mauern an den Kanälen schwitzten aus ... Es war ein Salzgeruch von alten Tränen. Die alten Häuserfronten mit ihren Wasserflecken gemahnten an giftige Tättowierung. In den Kirchen herrschte ein dumpfiger Geruch von Schimmel, abgestandenem Weihrauch und welken Altartüchern, die in der Sakristei vielleicht in einem Schranke moderten, dessen Schlüssel seit Jahrhunderten verloren ist. Derselbe Totenduft verbreitete sich über alle Stadtteile. Es war, als ob Mumiensärge geöffnet worden wären – oder das alte Grab der Zeiten ... Sie litt unter diesem beharrlichen Geruch, der ihr die Lebensfreude täglich mehr benahm. Vor allem aber schien ihr Geliebter ihr kühler zu werden, ihr wie allem gegenüber. Ihre Küsse wurden seltener. Das Glockenspiel störte sie nachts nicht mehr. Sie schliefen nicht mehr Arm in Arm; ihre Liebe lag zwischen ihnen, so kalt und unbeweglich wie das Wasser der Kanäle zwischen den steinernen Uferborden ... Da sie seine ziellose Lage sah, fragte sie ihn: »Warum arbeitest du nicht?«

»Morgen«, war die Antwort.

Er antwortete stets »morgen«. Er machte Pläne, wählte einen guten Platz aus, fing auch eine Skizze an, hörte aber wieder auf und verschob es noch einmal. Er spürte keine Arbeitslust, er, der hier so schön zu arbeiten gehofft, der sich zuerst so für diese Anordnung von Kanälen, Baumreihen und Türmen unter einem silbergrauen, einzigen Himmel begeistert hatte! Dieses Licht wiedergeben! Der Maler dieser toten Stadt zu sein, wie Turner der Venedigs ...

Sie war wie für die moderne Kunst geschaffen, ein Ideal der Freilichtmalerei! So dachte er im Anfang. Aber durch irgend einen Zauberspuk begann er, je länger er darin verweilte, je mehr er die Rassenkunst ihrer alten Meister bewunderte und anbetete, ihrem Einfluß allmählich zu erliegen. Die Töne dunkelten ihm auf der Palette, als ob der Schatten jener Toten darauf fiele. Die Linien seiner Zeichnung erstarrten. Er fing an, Jungfrauen, Goldwäger und Stifter zu malen. Er ahmte die alten Meister nach. Nicht lange, so kopierte er sie bereits. Es war ihm, als ob jedes andere Kunstideal als das ihre hier Gotteslästerung wäre. War es nicht lachhaft, unter ihnen seine Persönlichkeit zu wahren? War das nicht armselig wie eine Kerze, die im Sonnenschein brennt? ... Der Maler war besiegt. Auch hier triumphierten die Toten, und der Tod behielt recht über das

Leben … Die tote Stadt ließ die neue Kunst dahinwelken, wie sie die neue Liebe hatte welken lassen.

Die beiden Liebenden wurden immer ernüchterter über einander wie über alles. Er sah so verändert aus, er war mürrisch und langweilte sich … Er sagte nichts und beklagte sich nicht, aber in seinen Augen schimmerte es wie Heimweh. Sein altes Leben lockte ihn insgeheim. Sprach seine Gefährtin einmal von Paris, so unterbrach er sie schnell, wie um eine Versuchung abzuwenden, der er sich auf die Dauer doch nicht gewachsen fühlte … Eine große Entfremdung keimte zwischen ihnen auf. Die Bande, die sich zwischen ihnen knüpften, schienen gelöst, sie wurden einander gleichgültig. Und wie hatten sie in den Monaten ihrer heimlichen Liebe danach gedürstet, sich so schrankenlos Tag und Nacht anzugehören und nichts zu sehen als sich selbst! Trotzdem war nichts geschehen; keiner hatte dem andern durch die vollständige Intimität ihres gemeinsamen Lebens eine Enttäuschung bereitet. Nichts hatte Anstoß gegeben, kein Streit war entstanden. Was also ging in ihnen vor? Er ging jetzt fortwährend aus und immer allein … Er stahl sich für ganze Nachmittage fort, kam spät zurück und legte sich zu Bett, ohne ein Wort zu sagen. Eines Abends erklärte er, daß er einen Brief aus Paris erhalten hätte. Sein Bilderverkäufer schriebe ihm in einer wichtigen Angelegenheit, die er persönlich erledigen müßte.

»Lüge nicht! Du liebst mich nicht mehr. Du willst fort!«, sagte sie niedergeschlagen, aber ohne irgend eine innere Erregung, nur traurig, wie man es bei unabwendbaren Dingen ist.

Er versuchte nicht zu leugnen.

»Ja, die Stadt ist daran schuld!«, seufzte er.

»Es ist nicht unsere Schuld«, stimmte die Frau bei. »Der Tod ist hier stärker als die Liebe«, sagte sie bleich und betrübt.

Dann saßen sie lange und still und dachten an die tote Stadt, ihre tote Leidenschaft und sich selbst. Sie hatten sich durch das Übermaß ihrer Liebe selbst den Tod gegeben, und nun waren sie auferweckt, wie Lazarus, und mußten ein neues Leben beginnen – ein jeder für sich.

Das Opfer

Dorothea hatte heiß und tief geliebt. Wie ein plötzlicher Lichtschein war die Liebe in ihr graues, eintöniges Waisenleben gefallen, dort im kleinen Giebelhause neben dem Münster, wo sie mit ihrer alten Großmutter allein hauste. Auch das Häuschen war grau von dem Schatten des Turmes, der ewig darauf lag. Aber einen Augenblick war es darinnen licht geworden, als die Liebe einzog – und nun war sie so schnell wieder gegangen! Es war einer jener kläglichen Versuche des Glücks, eine jener Liebschaften mit achtzehn Jahren, wo ein Mädchen sich ohne Rückhalt hingibt, ohne zu wissen, was es tut. Und Dorothea gehörte nicht zu denen, die vergessen können und neue Erfahrungen zu machen wagen.

Sie lachte, weinte, verzweifelte und hoffte wider alle Hoffnung. Sogar ihren Ring aus den Tagen der Liebe behielt sie am Finger, als wäre der Bräutigam nur fern und käme eines Tages wieder. Es wollte ihr nie in den Sinn, ihn auch nur für Augenblicke abzutun. So gingen Jahre dahin, und sie hoffte immer noch. Der Ring glänzte nach wie vor an ihrem Finger, nur ein wenig matter. Sie hütete ihn mit abergläubischem Sinne. Ihr Schicksal schien ihr an diesem Ringe zu hängen. Er blieb für sie ein Talisman, eine ewige Lampe und gleichsam ein goldenes Leuchtfeuer am Gestade ihrer bloßen Hand, das den Fernweilenden zurückführen konnte ... Ihr däuchte, daß den Ring verlieren die Hoffnung verlieren hieß. Und sie wollte noch hoffen.

Eines Tages geschah es, daß der Blitz in den großen durchbrochenen Turm des Münsters einschlug, der den

Himmel mit einem riesigen Spitzenzierrat schmückte. Die steinernen Bogen und Schnörkel blieben unverletzt, denn der Blitz war sofort in die Glocke gefahren, die große Kriegs-, Feuer- und Sonntagsglocke, und hatte sich darin gefangen, wie in einem Brunnenschacht. Die Glocke war geborsten, zersplittert, geschmolzen und in tausend Stücke zerschellt. Das gab ein großes Entsetzen in der Stadt. Man sah darin ein Zeichen des himmlischen Zornes. Seuchen hatten bereits gewütet. Und diesmal behaupteten die Nachbarn allen Ernstes, sie hätten in dem Augenblick, wo die Glocke zerbarst, ein ungeheueres Gelächter vernommen, das in der Ferne verhallte, als wäre der Teufel von dannen geflohen ... Selbst die Pfeiler des Portals hatten gewankt. Die Glocke war verflucht. Man durfte gar nicht daran denken, die Glocke umzuschmelzen und zu einer neuen Glocke zu verwerten. Im Gegenteil wurden die Trümmer und Überreste der Glocke sorgfältig gesammelt und in aller Hast in den Fluß geworfen; und der Rost und Grünspan erschien den geängsteten Gemütern wie Schwefel und Feuer, das Wahrzeichen der Hölle.

Trotzdem konnte der Glockenturm nicht leerstehen. Die Glocke schlug die Stunden und kündigte die mannigfachsten Ereignisse an. Die Stadt erfuhr durch sie die Zeit und ward sich ihrer selbst bewußt. Sie hörte den Pulsschlag der Stunden im Läutewerk des Turmes wie den ihres eigenen Herzens, und als sie nun nicht mehr schlug, da däuchte es allen, als wäre das Herz der Stadt stehen geblieben ... Die Stadt kam sich wie tot vor.

Eine große Niedergeschlagenheit griff um sich, und auch eine große Bangigkeit. Man mußte den Himmel versöhnen, da er sich durch einen solchen Zornesausbruch bemerkbar gemacht hatte. Vielleicht würden wieder Seuchen ausbrechen. Man entschloß sich in aller Eile, eine neue Glocke zu gießen. Aber woher die Mittel nehmen? Die Ausgabe war doch beträchtlich. Die Domherren beratschlagten mit den Ratsherren der Stadt und verfielen schließlich allesamt auf einen gemeinsamen Entschluß, der nicht nur das notwendige Bronzematerial sicherte, sondern auch zugleich eine Art Buße in sich schloß. Es ward den Einwohnern kund getan, daß Wagen durch alle Straßen fahren und allerhand Metallspenden in Empfang nehmen würden. Aus ihnen sollte eine neue Glocke gegossen werden, die somit das Werk aller sein würde.

Am angekündigten Tage erschienen die Wagen in den Straßen. Sie waren vom Bischof eingesegnet worden und mit den Stadtfarben verziert. Sie wurden von schabrackengeschmückten Pferden gezogen; Knechte und Herolde bildeten das Geleit. Trompeten zerrissen die Luft mit ihren Goldblitzen, die Glocken der Stadtgemeinde läuteten. Die ganze Stadt war von wunderbarer Opferfreudigkeit erfüllt. Jeder glaubte, als guter Bürger und als guter Christ zu handeln. Die einen gedachten, Gottes Zorn zu besänftigen, die anderen hofften, die Stadt mit einer Glocke von solchem Umfang und von so edlem Guß zu beschenken, daß sie dem Turm zur höchsten Zier gereichen und einen gewaltigen Klang in die Luft senden würde, der die Unglücksvögel töten und die Blitze brechen würde.

Auf den offenen Plätzen, in den Stadtvierteln der Reichen, in den Gassen des kleinen Volkes, überall wurden die Wagen mit reichen Spenden überschüttet. Die Spendenden warteten an den Fenstern, auf den Steigen, an den Schwellen der Hauser und warfen allerhand Metallgegenstände, Leuchter, Kupferbecken, Zinnteller in den Wagen. Auch Gold und Silber strömte reichlich zu: Geschirr, Schmuckstücke, Kinderklappern und Becher. Die Opferfreudigkeit ward ansteckend. Patrizierfrauen taten ihre Halsketten und Ohrgehänge ab und warfen sie von ihren Balkonen und Terrassengärten hinunter. Uralte Schreine wurden geleert.

Der Bischof warf von der Estrade seines Palastes den silbernen Krummstab in einen der Wagen. Selbst die Ärmsten trugen ihr Scherflein bei. Unaufhörlich regnete der Segen herab, häufte, bauchte und krümmte sich, wie ein Kirchhof von Metall, ein riesiges Beinhaus, das alsbald zu herrlichem Leben auferstehen sollte, um Jahrhunderte zu überdauern.

Die Opferlust war allgemein. Die Menge wird bisweilen eins, nicht nur in Untaten, nein, auch im Glauben und Eifer, in der Freude und Tat. Und selbst die, welche anderen Sinnes waren, wurden mitgerissen.

So ging es Dorothea.

Als die Wagen am Ende ihrer Reise vor ihrem Hause vorbeikamen, reich beladen mit ihrer unermeßlichen Beute, die noch immer zunahm, da dachte sie plötzlich – einen Augenblick vorher war es ihr noch nicht in den Sinn gekommen –, daß auch sie etwas spenden müsse. Aber was? Unwillkürlich sah sie ihren Ring an, der sich wie von selbst anzubieten schien. Er sträubte sich nicht, er war bereit, ihr vom Finger zu gleiten. Eine alte, unnütze Erinnerung! Der letzte Ring einer Kette! Warum sollte sie das grausame Andenken aufbewahren, das sie stets an ihre unglückliche Liebe gemahnte? Die Wagen kamen vorbei. Von allen Seiten regnete es Spenden herab, dazu Geschrei und Lärm der berauschten Menge. Eine plötzliche schwere Versuchung … Dorothea schauderte, zauderte und empörte sich in Herz und Seele. Ihre abergläubische Anhänglichkeit an den Ring gewann wieder die Oberhand. Er war doch immer noch das Wahrzeichen ihrer Hoffnung, ein Talisman der immer noch möglichen Wiederkehr. Den Ring hingeben, hieß auf immerdar verzichten, hieß ins Vergessen willigen.

Aber die Versuchung war stärker als sie. Es war ja doch nichts mehr zu hoffen. So viele Jahre waren dahingegangen, und der Bräutigam war nicht wiedergekehrt. Er würde nie mehr kommen. Heute brachte ein jeder Gott und der Stadt sein Opfer. Hatte sie ein Recht, sich auszuschließen? Noch einmal bot der kleine Ring sich an wie ein unnützer Schmuck, eine schmerzliche Erinnerung. Und plötzlich, ohne daß sie wußte wie, glitt ihr der Ring in einer raschen, sozusagen unfreiwilligen Bewegung vom Finger und flog hinab bis in den Wagen, in dem er sich sofort verlor, wie der Becher des Königs von Thule im Meere …

Dorothea begriff sofort, daß jetzt alles zu Ende war. Die Liebe, deren Wiederkehr sie stets erhofft, die noch immer möglich gewesen, war nun aus. Sie hatte sich selbst die letzte Hoffnung geraubt. Der Bräutigam war für sie tot. Es gab kein Wiedersehen mehr.

Und wie der Ring in der Glocke aufging, so verschmolz Dorotheas Liebe in der Erinnerung. Als sie ihn fortgeworfen, da wähnte sie, ihn los zu sein. Aber er wechselte nur die Form, und ihr Kummer desgleichen. Sie merkte es wohl, als vierzehn Monde danach die große Glocke ihre vierzehntausend Pfund in Bewegung setzte. Es hatte lange gedauert. Man hatte auf dem Domplatze, wo einst der alte Friedhof gewesen war, eine riesige Grube gegraben; man spornte die Bläser an, um eine erhöhte Schmelztemperatur zu unterhalten, und es gab selbst einen Wettstreit unter ihnen, bei dem der Sieger eine Denkmünze und einen Hut mit Bändern erhielt. Ein berühmter Glockengießer besorgte den Guß. Und so gab die Glocke einen guten Klang bei der Taufe, wo sie im Spitzenkleide wie ein Täufling aussah und berühmte Paten hatte. Sturmschläge, Stundenschlag, feierliches Meßgeläut, fröhliches Glockenspiel – die neue Glocke vereinigte alle Schicksale, aus denen sie gegossen war, und läutete den ganzen Tag. Dorotheas Giebelhäuschen zitterte beständig von ihren Schlägen. Die Verlassene horchte, träumte und lebte wieder auf … Die Glocke sang ihre ganze Liebe.

Sie war heiter und sonnig wie die Zeit ihrer ersten Begegnungen. Sie war ungestüm wie der Kuß, fern wie die weite Trennung, unerbittlich wie die Erinnerung. Ihr ganzes Leben sprach dort oben in Tönen ... Die Glocke wußte alles. Wohl durch den Ring, der hineingeschmolzen war, wie eine kleine Goldträne, die nun darin weinte und jahrhundertelang weinen würde. Ihr ward wehmütig zu Sinne, als sie den Ring in der Glocke hörte ...

Aber er hatte sein wenig Gold mit dem großen namenlosen Bronzefluß vermischt, und so erschien ihr auch ihr Kummer nicht mehr so deutlich und persönlich, sondern wie aufgelöst in der großen Trübsal des Lebens.

Es war keiner

Es war eine große, schier unglaubliche Neuigkeit, die eines Sonntags in einem flandrischen Dorfe umlief: »Ursula, die Irre, ist guter Hoffnung.«

Man gab sie von Tür zu Tür weiter. Die meisten wollten nicht daran glauben. Was? Die Irrsinnige des Dorfes? Dieses arme Zerrbild von einem Menschen, mit dem blöden Gesicht und dem ungeschlachten Körper, mehr Tier als Weib, das wie ein Bär watschelnd sich ewig durch Straßen und Felder herumtrieb? Das war unmöglich! Kein Mann hätte das über sich gewonnen. Trotzdem wurde es beteuert. O die schöne Geschichte. Das Lachen und die Anzüglichkeiten wollten kein Ende nehmen. Die Nachbarn steckten die Köpfe zusammen und fragten sich; die Vorübergehenden schrien sich vergnügt entgegen:

»Das war wohl der heilige Geist!«

»Nein, gewiß der Teufel!«

In der Tat, das gesamte Dorf hatte augenblicklich und in derselben Minute den gleichen Gedanken: »Wer ist es gewesen?« Die einen aus bloßer Neugier oder Niedertracht. Es war ein gefundenes Fressen für die müßigen Stunden und die öffentliche Bosheit. Ein Mysterium, das aufgedeckt werden mußte, noch dazu eines, das öffentlichen Skandal gab! Eine dunkle Geschichte ohne Zweifel, bei der jeder insgeheim hoffte, seinen Feind bloßzustellen, in Verdacht zu bringen und anonym zu denunzieren. Lauter Schadenfreude und Rachlust, grausame Wonne, schmutzige Wäsche auszuwaschen! Das würde Leben in die Eintönigkeit der Abendstunden bringen.

»Wer ist es gewesen?« Alle Welt stellte sich die gleiche Frage, manche nicht aus Freude am Skandal, sondern aus ehrlicher Entrüstung über den schmählichen Vorfall. Der Schuldige mußte herausgefunden und mit allgemeiner Verachtung bestraft werden; denn es war wirklich eine Schuld, und eine Niedertracht dazu gegen die arme Irre, deren wehrlose Kindereinfalt schließlich dieselbe Unverletzlichkeit besaß wie die Dinge der Natur ...

Nach dem Hochamt bildeten sich Gruppen auf dem Platze, und es gab lange Verhandlungen mit Tuscheln, Gelächter, schlechten Witzen und empörten Mienen.

Plötzlich rief einer: »Halt, da kommt sie.«

In der Tat kam Ursula die schräge Straße herunter, die zur Kirche führt, einem Bauwerk von unbestimmter Form zwischen den niedrigen Häusern mit ihren geraniumroten Ziegeln und grünweißen Fensterläden, und selbst ganz grau in dieser schreienden Umgebung.

Jeder sah sie sich diesmal mit besonderer Aufmerksamkeit an, namentlich daraufhin, was man jetzt wußte ... Ihr Körperbau war abnorm, die eine Hüfte schief, was ihr den wackelnden Gang von Matrosen oder von Angetrunkenen gab. Das Gesicht mit der breitgedrückten Nase war geradezu tierisch, und der Mund zuckte fortwährend in einer nervösen Bewegung, als würde er an einem Bindfaden gerissen. Nur ihre Augen waren hell, feucht und groß, wie ein Rest von Menschlichkeit, ein Erbarmen des Schicksals in diesem unförmigen Antlitz ... Sie stützte sich wie gewöhnlich auf ihren Stock, der ihr zur Wehr diente. Wenn die Dorfbuben sie mit Steinen warfen, so schwang sie ihn drohend und machte Miene, ihnen nachzulaufen und sie zu schlagen, aber ohnmächtig, wie sie war, setzte sie ihren Weg stumm fort und stolperte nach wie vor über das wirre Gesträhn ihres gehemmten Willens. Heute schien ihr Gang noch taumelnder, denn ihr einer Fuß war unbekleidet. Sie hatte unterwegs unbemerkt einen Schuh verloren und sah nun noch unvollkommener aus als sonst ...

Als sie näher kam, lief eine allgemeine Bewegung durch die Gruppen. Man lachte, rief sie an, kurz, es gab ein lautes Geschrei ... Jeder beobachtete sie mit den Augen eines Inquisitors. In der Tat schien ihr schäbiger Rock sich schon zu raffen, und die ungleich gekleideten Füße kamen zum Vorschein ... Trotzdem wollte keiner es glauben. Sie war wirklich zu abstoßend. Ein altes Weib bemerkte verständnisvoll: »Es ist nur 'ne Schwellung.« Ein Mann trat aus einer der Gruppen an sie heran und sagte: »Ich will sie fragen.«

Ursula blieb erschrocken stehen. Der unsichtbare Faden verzerrte den Mund zu einer schauderhaften Grimasse. Ihr Körper bebte vom epileptischen Zittern des Bären.

Der Mann fragte sie: »Nun, ist's wahr? Sag mir, wer ist der Vater ... Ich will dir Geld geben.«

Sie antwortete nicht. »Wer ist es?«, fragte er wieder. Aber die Irre schien nichts zu verstehen. Nur die Augen, die noch etwas vom Menschen hatten, blickten ihn flehentlich an. Sie machte sich von der Unterhaltung los wie von einer Fessel und entfernte sich mit unbestimmten Schritten. Ihr Zerrbild von Körper tauchte halb in den violetten Schatten des sonnenglühenden Kirchplatzes, und die Kinder hörten auf zu spielen, um sie wieder mit Steinen zu werfen wie einen Vogel!

***

Nach einigen Monaten kam Ursula, die Irre, wirklich nieder. Bis dahin hatte man ungläubig gelacht und diese paradoxe Mutterschaft zu schlechten Witzen und Bemerkungen, Zoten und schmutzigen Redensarten ausgebeutet. Als das Kind zur Welt kam, erwachte der menschliche Instinkt in der Menge – und das Mitleid. Die Nachbarn kamen herbeigelaufen. Das ganze Dorf erschien und erfüllte das

Häuschen, in dem Ursula mit Marie Nimy hauste, einer alten siebzigjährigen Tante, die sie pflegte. Ein jeder wollte das Kind sehen. Alle Einwohner steuerten zu den Windeln bei. Arme Unschuld! Wie rosig und sanft es dalag! Bis jetzt konnte man noch nichts wissen, als daß es normal aussah. Nirgends eine Unförmigkeit, – aber die würde sich erst später zeigen, in der Entwicklungszeit, ganz wie bei seiner Mutter. Und was das traurigste war: diese hatte sich nicht eine Minute lang mit dem Kinde abgegeben. Kein Lichtschimmer hatte ihr umnachtetes Hirn durchbrochen und den Mutterinstinkt geweckt. Man zeigte ihr das Kind, man gab es ihr zum Küssen und versuchte es auf ihre Knie zu setzen, aber man mußte es rasch wieder fortnehmen. Sie hätte es heruntergeworfen wie einen Packen Zeug. Eine furchtbare, fast unausbleibliche Erbschaft, die es von einer solchen Mutter bekommen mußte! Das arme Ding, das jetzt schlief, es würde eines Tages ganz wie sie werden! Ja, es war ein Verbrechen, einem Wesen das Leben zu geben, das nur ein Untier werden konnte! Wer war der Schuldige? Man fragte sich jetzt nicht mehr zum Spaß. Man entrüstete sich. Man empfand eine Art Gewissensbiß. Wahnsinn ist immer eine Art Kindheit. Die Irre lebte unter dem Schutze des Dorfes, wenn man so sagen soll. Sie war die Schwachheit selbst. Und jemand hatte sie mißbraucht!

»Wer ist es?« – Die Frage kehrte täglich wieder und quälte alle. Man suchte und fragte die Nachbarn aus. Man befragte die alte Marie Nimy. Hatte sie je Männer bei sich gehabt? Mit wem verkehrte sie? Lieferte Ursula selbst keinerlei Mutmaßungen, keine etwaige Fährte? Man stellte sie selbst zur Rede. Aber sie verstand nichts. Die Worte hatten für sie keinen Sinn. Es waren verworrene Töne, die an ihr Ohr drangen, wie das wortlose Rauschen des Windes in den Bäumen oder das Brausen des Wassers unter den Brückenbogen.

Sie versuchte den Klang der Worte nachzuahmen. Man zeigte ihr das Kind, und da man eine Ideenverbindung im Chaos ihres Hirns vermutete, fragte man sie: »Wer ist es?« Sie antwortete mit unartikulierten Lauten, die nichts Menschliches an sich hatten und dem Geräusch toter Dinge glichen, dem Schlüsselknarren, Uhrticken oder Glucksen von Flaschen ...

Man mußte es trotzdem erfahren.

Man ging zum Pfarrer. – »Es ist ein Verbrechen«, sagte dieser in einem Tone, als ob er von einem Morde im Dorfs spräche. Aber er hielt es für unabwendbar und unaufdeckbar. Man verhandelte mit ihm, bat ihn, selbst Schritte zu tun und bei den Nachforschungen behilflich zu sein.

Aber er war ein mystischer, weltentrückter Geistlicher. Das Irdische lag ihm ziemlich fern. »Es ist ein großes Unglück«, wiederholte er, aber seine Stimme klang bereits wieder wie aus weiter Ferne und seine Augen blickten ins Leere.

Die einmal entfachte öffentliche Neugier gab sich nicht so bald zufrieden. Es gab jetzt im ganzen Orte eine Menge von Leuten, die unaufhörlich nachforschten, sich erkundigten, Indizien zusammenhielten, Auskünfte verlangten und eine richtige Untersuchung betrieben. Etwas stand fest. Erstens war es kein zufälliger Wanderer, denn es war damals kein Fremder gesehen worden. Es war also einer aus dem Dorf, der sich versteckte, die Umstände wahrnahm und dem öffentlichen Gewissen Hohn sprach, ein feiger Schurke ...

Eines Tages brachte Ursula beinahe selbst Licht in die Sache. Man sah sie plötzlich auf einen vorübergehenden Burschen zuschreiten, wie eine Hellsehende und Begeisterte; sie streckte die Hände nach ihm aus, wollte die seinen ergreifen, versuchte zu lächeln und machte unanständige Gebärden, als ob sie ihn wiedererkannte. Diese Tatsache ward sofort allbekannt. Sein Name lief von Tür zu Tür. Der Elende! Man paßte ihm auf. Am nächsten Tage und den folgenden Tagen setzte Ursula dasselbe Manöver fort, nur kecker und herausfordernder. Sie folgte ihm, erwartete ihn vor seiner Haustür. Das Dorf frohlockte. Man hatte endlich das Geheimnis herausgebracht! Man beschloß ein Kesseltreiben gegen den Schuldigen. Aber zur selben Zeit richteten sich Ursulas Aufdringlichkeiten gegen einen andern jungen Burschen, dem sie auch auflauerte und mit ihrer armen unanständigen Mimik nachlief. Kurz darauf war es ein dritter, und wieder ein anderer, und noch einmal ein anderer. Ursula begann alle Männer mit ihren Liebesgelüsten zu verfolgen. Sie blickte sie an, versuchte sie anzufassen und lachte dabei mit ihrem gestörten Lachen. Es war wie das Lachen eines Gesichtes, das sich im Wasser spiegelt, und mitten hinein wird ein Stein geworfen ...

Eine seltsame Erscheinung! Ein teilweises Zerreißen ihrer inneren Finsternis. Sie blieb unempfindlich gegen das Muttergefühl und hatte doch die Liebe empfunden. Sie begriff das Kind nicht und hatte den Mann gefühlt ... Und nun ging sie in ihrem erwachten Weibsinstinkt zu denen, die jung und schön sind ...

Im Dorfe gab man das Nachforschen auf. Die Irre war eben irr. Ihren Narrheiten war kein Wert beizumessen. Zumal das Kind jetzt starb. Es war gleich, als ob gar nichts vorgefallen wäre. Man hatte sich ja namentlich des Kindes wegen entrüstet. Von nun an gab es keinen Schuldigen mehr. Alles war wieder in Ordnung. Selbst Ursulas Sinnenglut hielt nicht lange vor. Sie ging fast nie mehr aus und sank in die Apathie ihres halbtierischen Daseins zurück. Nur ihre großen traurigen Augen behielten noch einen Rest von Menschlichkeit, so unnütz sie auch waren; denn sie hatten nicht einmal den Liebhaber jenes einzigen dunklen Abends erkannt ...

Und wenn späterhin eine Nachbarin etwa noch auf der alten Geschichte und Frage bestand: »Wer ist es?«, so schüttelte die alte Tante Marie Nimy den Kopf und sagte mit ihrer tonlosen Stimme: »Es war keiner.«

Die letzte Rose

Cantin war diesen Herbst ganz überrascht und erregt von dem, was in ihr vorging. Es war ein milder, lauer Oktober von welkender Anmut. Die Kastanienbäume im Park begannen wieder zu blühen. Es war ein schöner Besitz, eine Art Schloßgut in der Bannmeile einer kleinen Industriestadt. Wie schön ist solch ein großer Garten, der uns der Natur, dem Grün der Wiesen und Bäume, dem Wasser und allen Dingen der Natur zurückgibt! Madame Cantin fühlte sich jetzt besonders eins mit ihr. Sie war nun vierzig Jahre alt geworden, aber statt einer Mahnung an die Vergänglichkeit des Lebens und das Nahen des Winters war ihr dieser Geburtstag wie der Anfang eines neuen Lebens. Die Rosensträucher trugen frische Knospen und auch sie trugen in ihrem Herzen ein neues Blühen. Feuerrot ging in diesen Tagen die Sonne unter. War es der Abendschein, der ihre Lippen jetzt so rosig färbte, als wären sie wieder mit dem Purpur der Jugend geschminkt? Der Garten schien ihr wie verzaubert. Im Teiche spiegelten sich Wolkenbilder und trieben ihr wechselndes Spiel ...

Reife Früchte lachten an den Ästen und zeigten rote Kinderbacken. Madame Cantin lebte nur noch im Garten. Mit einer seit lange nicht mehr gekannten Ungeduld erwartete sie den Abend und die Rückkehr des Gatten. So hatte sie ihn früher wohl erwartet, voller Ungeduld, ja selbst mit Fieber. Wie lang war ihr die Zeit vorgekommen ohne ihn! Und alle Tage, ohne Ausnahme. Er ging jeden Morgen nach der Fabrik, die ihr Glück gemacht hatte, aber das griff ihn entschieden an! Als junge Frau – in einer Ehe, die ganz

Liebe war – hätte sie ihn lieber ununterbrochen für sich gehabt, Minute für Minute, den ganzen Tag. Um die Wartezeit abzukürzen, war sie ihm oftmals entgegengegangen, weit, fast bis zur Fabrik. Später war sie ruhiger und besonnener geworden, sie liebte ihren Mann immer noch, nur stiller, und mit geteilter Zärtlichkeit. Denn sie hatte jetzt drei Töchter, alle mit den gleichen frischen Farben, demselben blonden Haar, einem Honig- oder Bernsteinblond, und alle so ähnlich, daß, da die erste Rosa getauft war, – und es war unmöglich, sie anders zu nennen, – die folgenden ähnliche Namen erhielten und Rosette und Rosine hießen. Sie waren wie drei sich folgende Stunden desselben Tages. Sie gingen stets zusammen, und immer Arm in Arm. Sie taten immer dasselbe. Und namentlich hatten sie die reizende Laune, daß sie sich stets gleich kleiden wollten, denselben Stoff, denselben Schnitt, dieselbe Form des Hutes und die gleichen Blumen darauf, in völliger Übereinstimmung. Sie gingen Seite an Seite, und man wußte nicht, wo die eine aufhörte und die andere anfing ...

Madame Cantin hatte ihre Kinder mit zärtlicher Hingebung geliebt. Soviel Liebe entzog sie ihrem Manne. Jetzt empfand sie auf einmal irgend welche neuen Wallungen und eine neue Verwirrung in seiner Gegenwart; ein Schauer überflog sie oft, und am Abend erwartete sie ihn mit einer Ungeduld wie in den ersten Monden ihrer Ehe. Er hatte gerade eine zweiwöchige Reise nach dem Auslande gemacht; es war wegen einer Eisenbahn, für die seine Fabrik Material liefern sollte. Es kam ihr vor wie eine Ewigkeit. Sie fühlte sich allein, trotz ihrer Töchter. Nachts schlief sie nicht auf ihrem einsamen Lager ... Als er wiederkehrte, brach ihre Liebe doppelt hervor, heiß und anhaltend, wie der warme Herbst im Garten. Sie begriff die sonderbare Jahreszeit. Sie fühlte sich eins mit den wieder aufbrechenden Rosen. O Trunkenheit des Neubeginns! Es ist wie die Freude von Liebenden, die sich erzürnt haben und wieder versöhnen! Die Freude derer, die sich nach langer Trennung wiederfinden! Aber verläßt man sich nicht stets ein wenig? Man verläßt sich, sobald man sich nicht mehr umarmt. Und das Berauschendste bei allem Neubeginn ist, daß er die Jahre streicht, über das Alter täuscht und zweien Wesen die erste Glut wiedergibt, die Spannkraft der Sinne, die man abgestumpft wähnte, und das Gefühl des Mysteriums, das gleichsam der dunkle Urgrund der Liebe ist ... Madame Cantin empfand aufs neue dieses tiefinnerliche Leben ... O unaufhörliche Entdeckungen der Liebe, die da währen, solange sie sich erneuert ...

Nach zwanzigjähriger Ehe wurde ihr Mann, wie in einem Roman, plötzlich und unvermittelt von Leidenschaft und Verlangen erfüllt. Und ihr Herbst war wie ein zweiter Lenz. Selbst eine knospende Rose kündigte sich für ihren Herd an. Eine späte Rose, ein Kind dieses schönen, üppigen Herbstes, ihres Mitschuldigen, noch eine Rose mehr, nach Rose, Rosette und Rosine, eine unerwartete Rose, die sie in den gleichförmigen und harmonischen Strauß der drei großen Mädchenblumen noch hineinflechten wollten. Aber wie sollte das geschehen?

Madame Cantin hatte anfangs noch gezweifelt, aber bald hatte sie Gewißheit. Nicht lange, so mußten es auch die anderen merken. Der Gedanke an die Kinder beunruhigte sie. Sie fragte ihren Mann: »Soll man es ihnen sagen?«

Wenn sie an ihre Töchter dachte, so beschlich sie jedesmal ein unbestimmtes Schamgefühl, eine Verwirrung und peinliche Empfindung. Sie wurde rot in ihrer Gegenwart, als ob es ein abnormer Fall und eine Schande wäre, in ihren Jahren noch den Sinnen zu fröhnen. Auch die Liebe hat ihre Zeit. Es ging ihr umgekehrt, wie einem halb unreifen, lockeren Mädchen, das gefallen ist und sich nun vor der ehrbaren Mutter schämt. Sie litt an der Unschuld ihrer Töchter. Dieselbe Frage quälte sie immerzu; sie wußte nicht, sollte sie es lieber gestehen oder bis zuletzt schweigen.

»Sie werden es schon selbst merken«, meinte ihr Gatte.

»Wer weiß«, antwortete Madame Cantin. »Sie sind so unschuldig geblieben!«

So unschuldig, wahrhaftig! Keine war in einer Pension gewesen. Ihre ganze Erziehung hatte zu Hause unter den Augen der Mutter stattgefunden, durch besondere Lehrer und Erzieherinnen. Keine unliebsame Berührung, keine von jenen Schulbekanntschaften, die so oft nur verderben und beschmutzen. Ein Dunstkreis der Zurückhaltung und Frömmigkeit war um sie gewesen. Sie hatten die Scham der jungen Rosen, denen sie glichen, und nach denen sie hießen: Rose, Rosette und Rosine – so ähnlich, wie sie waren, daß man sie ohne ihre Altersunterschiede verwechselt hätte. Rose war jetzt achtzehn, Rosine sechzehn und Rosette, die letzte, die kleine Rose, erst dreizehn Jahre. Aber alle trotzdem gleich, in ihrer Kleidung wie ihrem Goldhaar, das zu ein und derselben Haarflut zu gehören schien, und in ihrem zarten, offenen, feinfühligen Wesen. Sie gingen stets eng umschlungen, die Arme einander um die Hüften gelegt, und in eine einzige harmonische Gestalt verschmelzend. Man konnte glauben, daß ihre Schritte von ein und derselben Bewegung gelenkt wurden. Sie waren wie die drei Segel eines Schiffes, stets im Einklang miteinander und von der gleichen Empfindung beseelt; sie schwärmten für die gleiche Musik und unternahmen alles, was sie taten, gemeinsam.

Es quälte Madame Cantin also nicht wenig, ob ihre Töchter wohl etwas ahnten. Denn man konnte es jetzt schon merken ... Sie errötete in ihrer Gegenwart immer mehr, suchte ihr Heil in weiten Frisiermänteln und machte verhüllende Bewegungen, als hätte sie ihnen eine Schande zu verbergen, eine Sünde, die ihre Unschuld nicht trüben sollte. Ja, sie waren unschuldig! Aber Unschuld ist nicht Unwissenheit. Wußten sie schon um das Mysterium der Geschlechter und der Mutterschaft? Waren sie auf das, was kommen mußte, gefaßt? Oder sollte man es ihnen im voraus sagen? Rosette, die erst dreizehn Jahre alt war, war ganz gewiß noch ganz unschuldig. Aber Rose, die älteste, war achtzehn! Konnte man annehmen, daß sie harmlos war, wie die heilige Agnes? Sie hatte doch gewiß auf Spaziergängen und selbst unter ihren Bekannten erwartende Frauen gesehen und sich Gedanken darüber gemacht. Schließlich ist dieser Zustand doch sichtbar. Die zweite, Rosine, war sechzehn Jahre. In diesem Alter erwacht der Geist; sie konnte also auch nicht mehr unwissend sein. Und außerdem dachten diese drei Schwestern, die einander so ähnlich und einmütig miteinander waren, stets dasselbe und sagten sich alles. Rose mußte es wissen, folglich auch Rosine. Aber dann mußte Rosette, die jüngste, es auch wissen. Dieser Gedanke tat der Mutter weh, sie wußte nicht warum. Wie? Ihre kleine Rosette sollte ihretwegen in der Ruhe ihrer unentwickelten Kinderseele, ihrem unberührten Schamgefühl gestört werden? Und da sie doch nicht alles verstehen würde, so würde sie eine Art von Widerwillen und Ekel gegen ihre Mutter empfinden, als wäre es ihr klar geworden, daß sie schamlose Eltern hatte, die mit jenen unanständigen Dingen zu tun hatten, vor denen sie selbst die Augen schloß.

Madame Cantin geriet in eine schmerzliche Aufregung. Namentlich weil Rosette jetzt unruhig, traurig und besonders blaß aussah. »Was hast Du?«, fragte sie. Sie fragte die Schwestern. Alle antworteten, sie hätte nichts. Die Mutter fühlte trotzdem, daß der Fall diese jungen Seelen zu beschäftigen begann. Aber inwieweit? Noch einmal wollte sie alles freiweg gestehen und schlug es ihrem Manne vor.

»Nicht doch, laß den Dingen ihren Lauf. Das findet sich schon ganz von selbst!«

Eines Abends saß Madame Cantin nach einem warmen Nachmittag noch lange in der Gartenlaube … Es war schön hier in diesem Winkel unter dem grünen Gewölbe mit seiner schattenspendenden Kühle und dem bläulichen Dämmerlicht, wie in einem Kirchenschiff. Das dichte Blattwerk verdeckte sie fast völlig. Sie saß und träumte in einen Rohrstuhl gelehnt und der schweren Frucht der Liebe müde, – der Liebe ihres letzten Herbstes, die in diesem Garten geboren war, eine späte Rose und Mitschuldige des Gartens. Sie dachte an die nahe Niederkunft. Sie dachte an ihre Töchter, besonders Rosette, die immer kummervoller wurde, ohne Zweifel infolge des Zustandes der Mutter. Plötzlich sah sie ihre drei Töchter am Ende der Allee auf und ab gehen. Sie waren eng verschlungen, jede hatte den Arm um die Hüfte der anderen gelegt, wie gewöhnlich, und so bildeten sie nur ein Ganzes. Dieselbe Bewegung belebte sie. Es war wie eine und dieselbe Welle, nur auf der einen Seite wo die Älteste ging, stand sie etwas über. Sie plauderten vertraulich und schlenderten auf und ab. Die Mutter konnten sie nicht sehen, und diese, in der Hoffnung, etwas zu erlauschen, hielt sich hinter dem dichten Blattwerk der Laube verborgen. Hin und wieder erhaschte sie einen Zipfel der Unterhaltung

»Doch! Ich bin sicher, Mama ist krank. Ihr wollt es mir nur nicht sagen. Sie hat ein schweres Leiden. Ich habe ihren Leib gesehen … Und so häßlich ist sie jetzt! Ich mag nicht, daß sie so häßlich ist … «

Rosette schluchzte; Rose, die Älteste, suchte sie zu trösten. »Nicht doch, ich versichere es dir, es ist nichts. Es wird bald vorüber sein. Warte nur noch ein paar Wochen … Mutter wird wieder wie früher. Aber sprich mit ihr vor allem nicht darüber.«

»Ja«, bestätigte Rosine, die zweite, »Rose hat ganz recht. Weine nicht mehr, Rosette.«

Und die harmonische Gruppe schritt weiter, in derselben einmütigen Bewegung der rollenden, steigenden, sinkenden Welle.

Madame Cantin hielt ihren Atem an und weinte in ihrer Laube, still vor Freude, Rührung und Bewunderung. Also Rose und Rosine wußten Bescheid, Rosette wußte nichts. Mit welch zarter Rücksicht hatten sie der Jüngsten das Geheimnis verschwiegen! Madame Cantin errötete fortan noch mehr vor ihren Töchtern, seit sie wußte, daß diese nicht mehr unwissend waren. Sie stahl sich fort und blieb allein mit Rosette, die noch nichts ahnte.

Zum Glück trat das Ereignis bald ein und befreite die Mutter von der täglichen, wirklichen Qual im Verkehr mit ihren großen Töchtern, in deren Gegenwart sie stets eine Art von Scham, ein täglich zunehmendes, seelisches und physisches Unbehagen beschlichen hatte.

Aber sobald das Kind geboren war, machte es ihr nichts aus, es ihren drei Töchtern zu zeigen, davon zu reden und in freudiger Erregung sich seiner zu rühmen. Das Kind hatte alle Sünde von ihr genommen.

Hoffart

Der alte Graf Jean Adornes war gestorben, und große Trauer herrschte darob im Lande Flandern. In allen Meiereien hießen die Weiber ihre flachshaarigen Kinder niederknien und vor der weißen Gipsstatue der Madonna an der blaugetünchten Wand ein Ave für seine Seele beten. Die Glocken läuteten von Dorf zu Dorf und zogen lange, schwarze Trauerpfade durch die Luft, die sich alle vereinigten. Die Dienstleute brachten all ihre Heckenrosen, die Sonnenblumen aus ihren Gärten und selbst die Blütenzweige ihrer Obstgärten nach dem Gitter des Schloßhofes.

Graf Adornes war in der ganzen Gegend beliebt gewesen. Kein Flecken trübte die Reinheit seines adeligen Wandels. Er war gut, wohltätig, keusch, Gott und seinem Namen treu. Ein ruhmreicher Name, dessen Glanz schon an der dunklen Schwelle der Überlieferung strahlte. Einer seiner Vorfahren hatte sich schon beim ersten Kreuzzuge ausgezeichnet und an der Erstürmung Jerusalems teilgenommen; zum Gedenken daran errichtete er später eine Kapelle in Brügge, die den Namen der heiligen Stadt trägt und auch seine letzte Ruhestätte ward. Von seinem festen Schloß Saint-André war schon in Urkunden vom Jahre 1200 und 1220 die Rede. Ein Teil davon stand noch in mächtigen Quadern, mit einem eckigen und einem Rundturme. Ringsum lief ein Graben von zwanzig Schuh Tiefe mit mächtigen Zugbrücken, die in diesem Augenblick nicht herabgelassen waren, als wären sie seit der himmlischen Einkehr des Todes aufgezogen.

Aber am Tage der Beisetzung, der auf den nächsten Sonntag festgesetzt war, damit alles Landvolk ihr beiwohnen konnte, sollten die Brücken wieder herabgelassen werden, die Gitter sollten offen stehen, desgleichen das große Tor und die Türen zu allen Sälen. Das Schloß sollte dem Volke gehören; denn vor dem Aufbruch des Leichenzuges mußte eine uralte Zeremonie stattfinden, die noch immer Brauch war, nämlich das Totengericht in dem großen Saale des Schlosses, der sich zum Gerichtssaal verwandelte. Eine unvordenkliche Überlieferung, der sich alle Herren im Lande Flandern stets gefügt hatten, so sicher waren sie im Gefühl ihres makellosen Wandels, daß sie ihre eigenen Untertanen darüber zu Gericht sitzen ließen. Die Hinterbliebenen vereinigten sich also zum Rat mit den Dienstleuten, Zinsbauern, Pächtern und Hörigen, und dieser Rat bildete den Gerichtshof. Man sprach für oder gegen den Verstorbenen, dessen Leichnam in der Kapelle des Spruches harrte. Die Zeugnisse wurden unparteiisch vernommen. Wenn die Summe der guten Taten die der bösen überwog, so ward der Sarg mit allen Zeichen der Ehrerbietung und Lobpreisung in die Ehrengruft getragen; war dagegen das Gedächtnis des Verstorbenen durch irgend ein schweres Vergehen befleckt, war er vor allem den Geboten des Glaubens nicht folgsam gewesen, hatte er irgend welches Ärgernis verursacht, so wurde er prunklos bestattet und fast heimlich in ein abgelegenes Grab gebettet, um das sich fortan niemand mehr kümmerte.

Ein seltsamer Brauch! Das Gericht des Volkes dem Gottes gleichgestellt! Ein ganzes Menschenleben in den Augen der Menge gewogen wie in einer Wagschale!

Der Tag der Beisetzung kam heran. Die Witwe des alten Grafen, Frau Ursula Adornes de Borlant, hatte einen großartigen Pomp entfaltet, der des Toten würdig war. Und da sie künstlerischen Geschmack besaß und Musik liebte, hatte sie eine große Orgel herbeischaffen lassen, die mit ihrem weihevollen Ewigkeitsklange so recht hierher stimmte und im Gerichtssaale den Leichenpomp vertrat, wie ein Katafalk von Tönen. Alle Tore standen weit offen. Die Menge drängte sich herein. Und von all den Heckenrosen, von all den Sonnenblumen aus den Gärten und all den Blütenzweigen aus den Obsthalden, die ununterbrochen nach dem Schlosse gebracht wurden, trug dieses weniger die düstere Farbe des Todes, als den Schmuck einer Betprozession. Die Tränen der Witwe flossen reichlicher beim Anblick all dieser blühenden, lachenden Dinge, doch sie waren nicht mehr so bitterlich. Sie selbst hatte diese poetische Ausschmückung gewollt. Und bevor sich die ernsten Stimmen erhoben und auf den Wink des Zeremonienmeisters von dem Wandel des Toten sprachen, ihn lobten oder verurteilten, stimmten Kinderchöre, ihrem Wunsche gemäß, sanfte Weisen an, Engelshymnen, die von den Meisterschaften der einzelnen Dörfer aus dem Stegreif eingeübt waren. Frau Ursula de Borlant vergoß reichliche Tränen, aber sie quollen sanfter, als sie diese sanften Stimmen vernahm ... Sie erinnerten sie an die Stimmen ihrer Kinder, da sie noch klein waren, an die ersten Jahre ihrer Ehe, die Zeiten verrauschter Liebe! Ihr Gatte lag nun tot ... O, diese reinen Sopranstimmen ... Ihr war, als schallten sie dem Toten entgegen, der in der Kapelle in seinem Sarge harrte, als wären sie ihm eine liebliche Kühlung in seinem Schlafe, der vielleicht durch die Flammen des Fegfeuers gestört ward ...

Der Gesang verstummte. Die Orgel breitete ihren schweren Sammet aus. Dann verstummte auch sie, und der Zeremonienmeister berief die dichtgedrängte Menge, die Hinterbliebenen, Verwandten, Freunde, Knechte, Dienstleute, Pächter, kurz, die ganze Landbevölkerung zum Spruche. Sie sollten den Verstorbenen preisen oder seinen Wandel tadeln, sein Tun richten und etwa verborgen gebliebene Fehler und Sünden enthüllen. Niemand wagte den Mund zu öffnen. Ein hehres Schweigen herrschte und schien immer tiefer zu werden, wie eine Gruft, in die der Tote immer mehr und mehr versank. Da begann der Herr de Borlant, der Schwager und Busenfreund des Verstorbenen, zur Erleichterung des Volksurteils eine Art Fragestellung über die sieben Sünden, welche die schlimmsten Vergehen gegen Gott, sich selbst und die Menschen sind. »Hoffart?« Bei diesem Wort flüsterte alles: »Nein, nein!« Und das Murmeln war ansteckend, es war einmütig, wie ein Windschauer, der über das Korn fährt und es mitsamt niederbeugt.

»Geiz?«, fuhr er in der Liste der Todsünden fort. Dasselbe Murmeln, dessen Geräusch sich immer weiter fortpflanzte ... Denn jedes dachte an die Wohltätigkeit des alten Grafen.

»Unzucht?« Bei diesem Worte wandte sich die Menge in einer schönen Regung des Volksempfindens gegen Ursula de Borlant, die Witwe, die edle, einzig geliebte Lebensgefährtin des Entschlafenen, die er in der Zucht und Fruchtbarkeit der rechten Ehe geliebt hatte, und alles verneigte sich vor ihr. Es war ein erhebender, rührender Augenblick. Sie stieß einen Schrei des Schmerzes aus, in dem so viel Stolz lag ... Kein anderes Weib hatte ihm je Versuchungen bereitet. Treu der Gattin, wie sie selbst dem Gatten, hatte er das Sakrament der Ehe heilig gehalten.

»Neid, Völlerei, Zorn, Trägheit?«, ging die Aufzählung fort, und jedesmal folgte ein verneinendes Gemurmel, als striche wieder der Wind über das Korn.

Dann folgte tiefes Schweigen. Man hörte die Atemzüge und das Rauschen der Trauerschleier und Kreppkleider, die bei der geringsten Bewegung knisterten, das Rauschen der Bäume im Park, das durch die weitgeöffneten Türen hereindrang, und das Murmeln der Menge, die nur zum Teil drinnen Platz gefunden hatte. Da plötzlich trat auf einen freigebliebenen Fleck des großen Saales der Pfarrer vor, der ehrwürdige Jean Biscop, seit mehr als einem halben Jahrhundert Seelsorger des Dorfs. Er schien zu zaudern und verwirrt zu sein, hielt die Augen auf den Boden geheftet, und nie hatte sein Antlitz trauriger ausgesehen. Er hub an zu sprechen in jenem Ton, den er hatte, wenn er auf der Kanzel ein Ärgernis der Gemeinde rügte. »Gewiß«, sagte er, »Graf Jean Adornes, Baron des heiligen Reiches und der Kreuzzüge, Herr von Saint-André, war ein mächtiger und barmherziger Herr. Er hat manches Verdienst vor Gott und den Menschen. Habsucht, Unzucht, Neid, Völlerei, Zorn und Trägheit waren ihm in der Tat fremd. Und was die Hoffart anbetrifft, so war niemand einfältiger und leutseliger gegen die Kleinen und Demütigen ... Aber, meine Brüder, ich schulde es meinem Priesteramt, meinem Gewissen und der Wahrhaftigkeit dieses öffentlichen Totengerichtes, das einer unser ältesten und kostbarsten Gebräuche in Flandern ist, ich schulde ihnen das Geständnis, daß er nicht einfältig vor Gott war. Er hat durch Hoffart gesündigt, und sein Hochmut ging bis zur Gotteslästerung. Ich allein weiß es – und Gott. Ich muß es euch also offenbaren, denn ich bin der berufene Diener Gottes an diesem Tage des Gerichts. Ich habe gezögert, aber ich fühle, daß es meine Pflicht ist, zu reden. Schon zu Lebzeiten des Grafen wollte ich widerstehen, aber ich wagte es nicht. Ich war feige, ich war sein Mitschuldiger in der Sünde der Hoffart. Heute, wo ich sie enthülle, ist es fast meine öffentliche Beichte, die ich ablege ... Also Graf Jean Adornes war hoffärtig vor Gott ... Er war stolz auf seinen Adel, seine Titel und sein Wappenschild, er wollte ein Vorrecht haben – selbst bei den heiligen Handlungen.

Denket euch, daß er nicht zufrieden war, im Chor unserer Kirche den vornehmsten Platz einzunehmen und ein

Betpult zu haben, das mehr einem Throne glich und das ich ihm aus Schwäche und zum Dank für seine Wohltaten zugestanden habe; er trieb die Forderungen seines Adelstolzes noch weiter. Und dies ist die Gotteslästerung, der ich, ach! nur zu sehr Vorschub geleistet habe. Selbst beim Allerheiligsten der himmlischen Gnade, vor dem alle gleich sind, selbst am Tische des Herrn, der für jeden errichtet ist, wollte er sich vor der Herde der Gläubigen auszeichnen. Konnte ein Graf Jean Adornes, der Nachkomme dessen, der am ersten Kreuzzuge teilnahm und in Brügge in der Jerusalemkapelle ruht, die er selbst gestiftet hat, konnte er das Abendmahl nehmen wie jedes Pfarrkind? Er gab mir also ein Siegel, das sein uraltes Wappen trug, die Grafenkrone mit Abzeichen und einem Turm mit Zinnenkranz zwischen Blattzieraten.

Und ich mußte dieses Siegel auf seinen Befehl jedesmal auf die für ihn bestimmte Hostie drücken. Das ist die Todsünde der Hoffart, die Gotteslästerung, deren ich mich schäme. Gottes Leib in der Hostie war ihm nicht genug … Er drückte ihm erst sein Wappen auf. O, wie sie mir oft in den Fingern brannten, diese gesiegelten und durch das Wappen geheiligten Hostien, wenn ich sie dem hoffärtigen Haupte des Grafen darhielt! Er sah sie an und versicherte sich, ob das ungesäuerte Brot auch den Aufdruck des Wappens trug. Dann erst geruhte er sie zu nehmen, wenn auch mit gläubigem Sinne … Ich litt darunter. Auch Jesus litt ohne Zweifel … Mir deuchte stets, als sähe ich sein gefangenes Antlitz hinter der zackigen Grafenkrone wie hinter den Mauerscharten eines Kerkers. Er war in all diese Wappenzeichen eingekerkert, welche diese Hostie bedeckten und ihm kaum Raum ließen. Ich bin gewiß, unser Heiland war in diesen Hostien weniger zugegen als in den andern.«

Alle Anwesenden waren starr. Ja, das war die Sünde der Hoffart, ein Namensstolz, der gewagt hatte, sich selbst dem

Namen Gottes gleichzusetzen! Das war eine Art Gotteslästerung, die an dem Toten selbst gesühnt werden mußte, und zwar durch eine Buße, welche die größte Demütigung war.

Und so beschlossen der Priester, die Herrschaften und die Menge, wie es Brauch war, ihn nicht in der Ehrengruft der Familie beizusetzen. Und der Graf Jean Adornes, Baron des heiligen Reiches und der Kreuzzüge, Herr von Saint-André, ward am Tage darauf prunklos nach dem Dorfkirchhofe gebracht und in die Erde gesenkt, ohne daß ein Stein sein namenloses Grab bezeichnete.

Ein Erfinder

Chenue fühlte sich sehr unglücklich. Er war wieder einmal umgezogen, nachdem er über seine neue Wohnung alle möglichen Erkundigungen und Auskünfte eingezogen, alle möglichen Fragen gestellt hatte. Diesmal hoffte er eine ruhige Wohnung, stille Nachbarn mit Teppichen und Decken, kurz, einen Dunstkreis des Friedens gefunden zu haben. Kaum war er eingezogen, so überzeugte er sich, daß alle seine Vorsichtsmaßregeln umsonst gewesen waren. Was der Portier ihm beteuert hatte, war nichts als Lüge. Die Mieter über ihm trampelten auf dem blanken Parkett herum. Kein Teppich, nicht einmal eine Strohmatte, die ihre Schritte etwas dämpfte. Es war, als ob sie ihm zum Trotze da oben herumliefen, genau über seinem Kopfe. Und keinen Augenblick Pause! Es war, als ob sie ewig in Unruhe waren, wie wenn ein Verrückter bei ihnen hauste oder sie stets im Umzug begriffen, mit Reisevorbereitungen beschäftigt wären. Es sollte also von neuem beginnen, dieses Martyrium, dieses ewige Gefaßtsein auf den Lärm von Schritten oder das Rücken von Möbeln, das, so wenig laut es sein mochte, ihm doch körperlich weh tat, wie eine Berührung oder ein Schlag.

Chenue war verzweifelt. Er hatte immer diese Angst vor Geräuschen, diese krankhafte Liebe zur Ruhe gehabt. Er erinnerte sich, wie er schon als Knabe im Elternhause, das dicht neben einer alten Kirche lag, unter der Glocke gelitten hatte. Es krampfte sich ihm jedesmal alles zusammen, er fühlte sich vergewaltigt, mit der Glocke hin- und hergeschwenkt und wartete mit wahrer Herzensangst auf das

Aufhören der Schläge. O unbestimmte Grenze des Lärms, Beginn des Schweigens, minutenlanges Helldunkel des Klanges! ... Wenn endlich Stille eintrat, war es ihm, wie das Aufhören eines Schmerzes, wie das Verharschen einer Wunde, in ihm wie in der Luft ... Daneben die gewaltsamen Geräusche, die ihn schier wahnsinnig machten. Er dachte an die Gewitternächte zurück, an die Furcht, nicht vor dem Blitz, der das ganze Zimmer in blendendes Schwefellicht taucht, sondern vor dem Krachen des Donners. O, diese Erschütterung! Ihm war, als ob der Blitz ihn durchführe; er sah sich blaß, rot und aufgeschnitten daliegen, wie einen anatomischen Durchschnitt. Die Angst davor war so unerträglich, daß er sich in die Schränke verkroch, sich die Ohren mit Watte und den Fingern zustopfte.

Heute tat ihm schon das geringste Geräusch ebenso weh ... Es war ihm wie eine langsame Hinmarterung, all diese unnennbaren Geräusche, dieses Knacken und Treten, dieses Atmen und Sprechen, dieses ewige Gehen. Die Qual war um so grausamer, weil sie stückweise kam, um so unerträglicher, weil ununterbrochen. Eine abgefeimte Tortur, ein Brennen und Stechen an der Schwelle des Gehörs, weit schlimmer als ein großer Schlag, mit dem alles zu Ende ist. Viel lieber hätte er gehört, daß das Dach mit einem Male zusammenkrachte, als dies unaufhörliche Gehen und Kommen über seinem Kopfe, dieses Trapsen von Füßen, dieses Rücken von Möbeln, dieses Anstoßen und Fallen, dieses Lachen und Klavierspielen, dieses ganze fremde Leben, von dem er nur die Geräusche vernahm, und das sich ihm doch mit seiner ganzen Brutalität gebieterisch aufdrängte, als ob die anderen bei ihm und er bei den anderen lebte. Er gehörte sich nicht mehr selbst an.

Chenue sagte sich, daß diese Pariser Mietswohnungen eine Barbarei wären, und es kam ihm unbegreiflich vor, daß eine so feinfühlige und empfindliche Bevölkerung sich darein fand, ohne unverzüglich zu einer jener Revolutionen zu schreiten, die sie früher für soviel weniger unternommen hatte. Wo anders lebt jeder für sich und auch die Ärmsten haben ihr Häuschen allein. Hier muß man reich sein, um das kleinste Haus zu besitzen. Aber Chenue hatte nur beschränkte Mittel, und so sah er sich für ewige Zeiten zu diesem qualvollen Leben in Mietswohnungen verdammt. Bis an sein Lebensende sollte er in einem dieser riesigen Kästen hausen, wie die Bienen in einem Bienenstock. Aber die Bienen haben wenigstens die gleiche Körperbeschaffenheit, sie verrichten die gleiche Arbeit und haben die nämlichen Gewohnheiten in ihren Zellen. Ihre Nachbarschaft macht sie einander ähnlicher, sie stellen ihre beiden Flügel in den Dienst der gemeinsamen Aufgabe, und, was noch besser ist, geben dem Schwarm seine Einheitlichkeit. Die Menschen dagegen sind so verschieden in ihren Sitten und Lebensgewohnheiten. Welche Barbarei, sie zusammenzupferchen, sie nebeneinander zu setzen, daß sie kaum durch eine Wand von einander getrennt sind und die benachbarten Schicksale durchscheinen, wie Wasserzeichen im Papier!

***

Chenue litt in seiner neuen Behausung mehr denn je unter seinen Nachbarn, den über ihm wohnenden ebenso, wie den unter ihm wohnenden. Sie waren gleich störend und führten ein Dasein, das von dem seinen zu sehr verschieden war. Alle Stunden kamen sie sich in die Quere; ihre Lebensgewohnheiten lagen in fortwährendem Kampfe miteinander.

Und bei alledem dünne Wände und schallende Böden ... Chenue war nicht mehr sein eigener Herr. Ja, die anderen lebten bei ihm und er bei den anderen! Trotzdem hatte er alle Vorsichtsmaßregeln gebraucht, hatte Nachbarn ohne

Kinder gesucht, um allzu großen Lärm zu meiden. Und in der Tat: unter ihm wohnte ein Junggeselle und über ihm ein kinderloses Ehepaar. Aber der unten war ein liederlicher, dem Trunke ergebener Geselle, hatte stets Damenbesuch bei sich, hielt sich eine zänkische Maitresse und feierte die halbe Nacht durch Orgien. Das Ehepaar über ihm war erst jung verheiratet und sehr verliebt ... Zwischen diesen, beiden Interieurs lebte er also und fing, ob er wollte oder nicht, ihre intimsten Angelegenheiten auf, wie ein Spiegel die Bilder. All das Schreien und Zanken, das grobe Gelächter, das Stuhlrücken der angetrunkenen Nachtgäste drang zur selben Zeit herauf, wie das Küssen, Rucken und ununterbrochene Flüstern der Liebenden herunter. Chenue war müde und wollte schlafen. Aber allabendlich, wenn er im Bette lag, drangen dieselben Geräusche auf seine Ohren ein. Sein Gehörsinn schärfte sich bis zum Wahnsinn; seine angeborene Empfindlichkeit steigerte sich bei dem nächtlichen Lauschen. Er unterschied schließlich die feinsten Nuancen des Lärms, das Alter der Stimmen, all diese Gegensätze der beiden Lebensbilder, zwischen die er eingespannt war ... Seine Nerven zuckten in tötlicher Qual, wie er so mit zermarterten Ohren auf seinem Kissen lag und sich in seiner Schlaflosigkeit hin und her warf. Er horchte auf die Geräusche, wie man auf die Schritte des Henkers lauscht. Alle seine Sinne mischten sich bald hinein und gerieten in dasselbe Fieber. Seine Augen steckten sich an seinen Ohren an ... Und während er so dalag, ohne einschlafen zu können und das Ende der Orgien unten oder der Ermattung oben abwartete, marterten die flackernden Schatten des Nachtlichtes seine Augen, bald eine gestaltlose Masse an die Decke werfend, die wie im Rausche schwankte, bald die atemlose Mimik der Liebe nachahmend.

Chenue wollte endlich für sich allein sein! Er hatte genug davon. Er fühlte nicht mehr sein eigenes Leben, sondern nur noch das ihre. Nicht eines seiner Gefühle, nicht einer seiner Gedanken gehörte ihm. Er kam müde nach Hause und versuchte, ein ernstes Buch zu lesen. Aber da zwang ihn das Liebespaar zu sinnlichen Gedanken, vor deren Einfluß es sich sein Leben lang nach Kräften bewahrt hatte ... Frauen kamen ihm in den Sinn, und die Nacktheit lachte aus dem Weiß der Seiten, nur wegen der da droben. Ein anderes Mal wachte er bei hellem Sonnenschein auf, mit dem holden Gefühl einer grundlosen Freude, wie man in der Kindheit erwacht, und sofort wurde unten ein Gezänk laut, ein Streit zwischen dem Trunkenbold und seiner alten Maitresse, das ihm die Häßlichkeit des Lebens und das Ende fast aller glücklichen Dinge veranschaulichte.

Er mußte eine Abhilfe gegen die doppelte Qual seines Lebens finden, die sonst ja überall wieder anfangen würde, unter irgend einer anderen Form. Er dachte nach. Die Wissenschaft hat so viele Mittel zur Abhilfe gefunden. Die Erfinder haben in der Physik wie in der Chirurgie die schlimmsten Schwierigkeiten überwunden und ganz anders komplizierten Mißständen abgeholfen. Er wollte auch Erfinder sein. Ein Mittel zur Erstickung von Geräuschen zu erfinden müßte eine Kleinigkeit sein im Vergleich zu der Erfindung, die den Blitz ablenkt. Gerade der Blitzableiter brachte ihn auf einen Gedanken. Er begriff, daß er mit den Telephon verbunden werden mußte ... Es ließe sich derart ein einfacher Apparat konstruieren, der wenig umfangreich und leicht herzustellen oder zu transportieren war, ein Apparat, der alle Geräusche absorbierte oder aufhob. Nicht lange, so ging er an die Arbeit, kaufte sich Instrumente, einen Werktisch, Holz, Glas, Metalle, Reflektoren, Magnete, und begann mit der Konstruktion seines »Lärmableiters«.

Bald genügten die Schiefertafeln nicht mehr. Er kaufte sich eine große schwarze Wandtafel und schrieb auf sie mit dünner Kreide, die ihre weiße Schneckenspur auf dem dunklen Grunde hinterließ, seine Berechnungen, Resultate und Beweise, eine ganze kribbelnde Landschaft von Ziffern, ein Gebäude von geometrischen Figuren, die schließlich den Aufriß seiner Maschine ergeben mußten. Ja, es mußte ihm gelingen! Er brauchte nur zweimal zu kombinieren: den Blitzableiter und das Telephon. Das Telephon ist ein offenes Ohr, das jederzeit hört und den geringsten Laut einer Stimme aufnimmt. Ein solches Ohr mußte er konstruieren, aber nicht nur für die hineinsprechende Stimme, sondern für alle Geräusche, ein Ohr, das den geringsten Laut, den kleinsten Stoß auffängt und auf sich lenkt, selbst das Schwirren eines Insekts und das Knacken im Holze …

Aber zweitens mußten alle Geräusche vernichtet werden. Hier kam der Gedanke des Blitzableiters zur Anwendung. Chenue sagte sich, daß es genügen würde, eine unmerkliche Verbindung mit den Nachbarn herzustellen, durch die alle bei ihnen entstehenden Geräusche in seinen Apparat geleitet würden, um alsdann eine andere Verbindung nach außen zu schaffen, durch die die nämlichen Geräusche sich im weiten Raume verlören, wie der Blitzstrahl im Wasser eines Brunnens … Also erst auffangen und dann aufheben … Das war einfach und herrlich! … Und er konnte sich dann in den Mietswohnungen einer absoluten Ruhe erfreuen, durch die er auf Erden schon den köstlichen Vorgeschmack der Ewigkeit haben würde.

Chenue kaufte sich einen Apparat … Er experimentierte. Es waren noch einige Mängel daran … Aber er fing wieder an … Sein Glaube war felsenfest. Und seine Freude gleichfalls. Nicht einen Augenblick zweifelte er am Siege. Den ganzen Tag lang dachte er an sein Werk. Und nach Erledigung der verdrießlichen Brotarbeit, zu der ihn das Leben zwang, kehrte er schnell nach seiner Wohnung heim, setzte sich an den Werktisch, sägte Plättchen, schmolz Metalle, spannte Fäden und stellte neue Berechnungen an, die ihn zur Gewißheit, zum untrüglichen Ergebnis führen mußten.

So lebte er frohen Muts, ganz in seiner Arbeit aufgehend, vor Fieber und Erwartung bebend. Sein fixer Gedanke machte ihn vollkommen glücklich. Indem er einen Traum verfolgte, litt er nicht mehr am Leben. Er hörte sie nicht einmal mehr, die lästigen Geräusche seiner Nachbarn, weder die Küsse des liebenden Paares bei sinkender Nacht, noch das Gezänk des Trunkenboldes mit seiner schreienden Maitresse am frühen Morgen. Er hatte seinen Gesichtssinn ganz in den Dienst seiner komplizierten Erfindung gestellt. Und da die Gesamtleistung der Sinne sich stets gleich bleibt, nahm sein Gehörsinn um soviel ab. Er hörte nichts mehr von Geräuschen, denn er war durch etwas anderes abgelenkt. So wurde der »Lärmableiter«, von den er träumte, ihm gewissermaßen zur Wirklichkeit, denn er trug ihn ja in sich. Und ist das für seinen Ruhm nicht das gleiche?

Die Erfüllung

Die Irrsinnigen haben sich nicht zu beklagen. Oft setzen sie sich nur auf diesem Wege durch. Sie werden zu dem, was sie sich ersehnten und doch niemals geworden wären. Sie erreichen ihr ersehntes Ziel und ihre Pläne gehen in Erfüllung. Sie leben, was sie träumten. Ihr Wahnsinn ist gleichsam ihre innere Vollendung, denn er entspricht ihrem heißesten Verlangen, ihrem geheimsten Sehnen. So erreicht der Ehrgeizige im Größenwahn wirklich die erschauten Höhen; er besitzt unendliche Reichtümer, gebietet großen Völkern und steht nur noch mit Herrschern im Verkehr. Wer ein Übermaß von Frömmigkeit entfaltet, erreicht im Augenblick der Geistesumnachtung mit einem Male den vollkommenen mystischen Zustand, und der religiöse Wahnsinn macht ihm Gottes Gegenwart und das Leben im Paradiese zur greifbaren Wirklichkeit. So verwirklicht der Wahnsinn stets das Ziel, das ein jeder erstrebt hat. Er führt unsere Neigungen bis ans Ende. Mitleidig greift er ein und vollendet das zu anspruchsvolle Schicksal derer, denen keine Erfüllung lächelt.

Das ist mein fester Glaube seit einer seltsamen Geschichte, in die ich während meines letzten Landaufenthaltes verwickelt wurde. Es war in einer waldigen Berggegend, in der ich den Sommer zu verbringen pflegte, und an einem einsamen Orte, wenngleich heute ja die ganze Natur unsicher gemacht wird. In der Nähe war nämlich ein Dorf, in dem sich kleine Hotels und Pensionen aufgetan hatten, seitdem ich zum erstenmal den Sommer dort verbracht hatte. Jetzt waren die Wege also nicht mehr ganz einsam.

Man sah bisweilen Spaziergänger durch den Hochwald streifen. Eines Tages sah ich ein junges Mädchen, das ich von meinem ersten Aufenthalt her oberflächlich kannte, ein Fräulein von Agnis, das aus dieser Gegend war und in einer der umliegenden Städte wohnte. Auch sie liebte diese fast noch unberührte Gegend mit ihrer wilden, noch von keiner Eisenbahn geschändeten Schönheit, ihren Wildbächen und Lärchenbäumen mit den bittend ausgestreckten Armen, ihren Felsen, die menschliche Gesichter zu tragen schienen. Wir unterhielten uns ein wenig. Sie hatte sich mit ihrer alten Mutter in einem der kleinen Hotels im Dorfe eingemietet. Fast jeden Tag kam sie hierher, wo ich sie traf, um zu malen. Sie saß vor einer Staffelei, die Palette in der Hand.

»Lieben Sie die Malerei?«, fragte ich sie.

»O ja! Und dann ist es ja auch eine Hilfe im Leben.«

Sie seufzte leicht auf, wie von einer unbestimmten Traurigkeit ergriffen, die in ihr aufgestiegen war und schnell verhauchte, wie dort die Wasserblasen an der Oberfläche eines anstoßenden Morastes, die ich im selben Augenblick zerplatzen sah, und die von irgend einem Aufruhr auf dem Grunde des Wassers kamen.

Ich sah sie prüfend an. Wie hatte sie sich seit der Zeit unseres ersten Aufenthalts verändert! Ein paar Jahre genügen also, um die lieblichsten Gesichter welk zu machen … Damals war sie vielleicht nicht schön, aber doch reizend gewesen. Vielleicht besaß sie die Anmut vergänglicher und gebrechlicher Dinge. Sie hatte rotblondes Haar und jene durchsichtige Haut mit einem leichten Stich ins Grüne, wie sie den Rotblonden eigen ist, ein Farbton, wie eine Azalie in einem Garten, oder wie Wäsche, die auf einem Rasenplatze gebleicht wird. Und die feinen Einzelheiten dabei: ein tiefblaues Geäder an den Handgelenken! Jetzt waren alle diese zarten Reize dahin. Wie? so schnell! Sie konnte kaum an die Dreißig sein. Trotzdem gewährte sie schon den Eindruck der alten Jungfer. Die weiße Azalie war gelblich und hier und da auch blau geworden. Das Adernetz hatte sich verwirrt. Nur die Haare waren noch prachtvoll und so im Einklang mit dem nahen Oktober des Waldes, in dem wir uns befanden, ein Zwischenton zwischen der Sommersonne und dem welken Herbstlaub, ein kräftiges Rotgold, ein später Glanz ...

Ich sah sie oft wieder in allen Ecken des Waldes, in dessen uralter, schattiger Kühle ich gleichfalls meine Tage verbrachte. Sie saß stets vor einer Staffelei auf einen Klappstuhl und malte unermüdlich kleine Bilder. Eine Landschaft war in wenigen Sitzungen fertig.

»Nicht zusehen, das ist gräßlich!«, pflegte sie zu sagen, wenn ich näher kam. »Es ist nur Broterwerb. Man muß doch leben! Ich habe nicht die Mittel, die Kunst um ihretwillen zu treiben.«

In der Tat, es war ein trauriger Roman, den ich erfuhr. Ihr Vater hatte Selbstmord begangen, als sie zwanzig Jahre alt war. Er war durch unglückliche Spekulationen und große, falsch geleitete industrielle Unternehmungen in Schulden geraten und als ruinierter Mann in den Tod gegangen, um sich vor Bankerott und Gefängnis zu retten. Fräulein von Angis stand also nach einer verwöhnten und an Vergnügungen reichen Jugend mit ihrer Mutter allein auf der Welt. Die Mutter war zu nichts imstande, schon weil ihre Gesundheit durch die furchtbare Katastrophe untergraben war. Da begann das junge Mädchen die Luxuskünste, die man es gelernt hatte, zum Geldgewinnen auszunutzen. Im Winter gab sie in der Stadt Musikstunden. Im Sommer zog sie aufs Land und malte in diesem Forste Bilder, durch deren Verkauf sie ihr Dasein fristete. Sie alterte rasch bei diesem Berufe, zumal ihr der Verlust des Vermögens jede Aussicht auf die Zukunft abschnitt. Sie war von lieblichem und feinen, Wesen, aber arm und nach bürgerlichen Anschauungen durch die Katastrophe ihres Vaters mit bloßgestellt, so daß es niemandem einfiel, um sie anzuhalten. Trotzdem hatte sie sich lange Zeit Hoffnungen gemacht, jetzt hegte sie keine mehr. Das war es, weshalb sie so verändert war. Nur ihre goldenen Haare trugen noch den alten Glanz.

»Wie schön sind Ihre Haare«, wagte ich eines Nachmittags zu sagen. Und in der Tat flammten sie vor meinen Augen, sie leuchteten aus ihrer Schwermut hervor, wie die Sonne aus Ruinen.

»Sie machen sich über mich lustig«, entgegnete sie. »Ich bin eine alte Frau, oder schlimmer noch, eine alte Jungfer.«

Sie hatte das Wort »alte Jungfer« in eisigem, strengem Tone ausgesprochen, wie wenn ein Kranker sagt: »Mit mir ist es aus.«

»Nicht doch«, antwortete ich; »Sie sind ja noch ganz jung und werden noch heiraten.«

Da schluchzte sie plötzlich auf.

Seitdem sahen wir uns oft wieder. Ich sehe das Leben ernst an. Sie faßte es traurig auf. Eine edle Freundschaft verband uns. Wir plauderten bald über die intimsten Dinge, machten uns die aufrichtigsten Geständnisse über uns selbst und öffneten einander jene letzte Kammer der Seele, in der man gewöhnlich für sich allein lebt. Aber stets kam unsere Unterhaltung nach dieser jener Abschweifung auf denselben Punkt zurück, d.h. auf sie selbst, ihr verfehltes, abgeschlossenes Leben und den Traum einer Ehe, der, obschon tot und begraben, doch immer wieder in ihr auflebte und zur fixen Idee wurde ... Mehr als einmal hatte sie mit Sicherheit gehofft ... Sie sprach von Begegnungen, Liebeleien, sogar von einer großen Leidenschaft, die aber auch zerronnen war. Wer heiratet ein Mädchen ohne Mitgift? Sie erzählte mir alles, nannte mir die Namen, gab die

Orte und näheren Umstände an, damit ich ja nicht zweifelte, und das alles mit einer Eigenliebe, die ein Überrest ihrer an der Vergangenheit künstlich neu entzündeten Gefallsucht war. Jedesmal geriet sie bei diesen Erinnerungen in Feuer. Ihre Stimme wurde schrill, ihre Gebärden heftig, ihre Augen trübe, wie wenn sie in weite, allzuweite Ferne blickte! Die plötzliche Seltsamkeit ihres Gebahrens fiel mir zu Anfang noch nicht auf. Eines Abends, als sie Bild und Pinsel einpackte, um nach dem Dorf zurückzukehren, fragte sie mich unvermittelt:

»Neulich haben Sie mir gesagt, daß ich heiraten würde! Wissen Sie eine Partie für mich?«

Sie sprach fortan von nichts mehr, als vom Heiraten, solchen, die sie hätte machen können, und der, die sie erwartete, und zwar in kürzester Zeit. Sie gefiel sich in diesem einzigen Thema mit einer Erregtheit und Fieberhaftigkeit, die mir entschieden beunruhigend vorkam.

Eines Abends, beim Heimweg nach ihrem Dorfe, als ich sie begleitete, redete sie sich vollends in Bitterkeit und Heftigkeit herein.

»Ja, Sie wissen nicht und können nicht begreifen, wie ich gelitten habe und noch leide. Sie haben sich Maitressen gehalten, wie es Ihnen gefiel. Jetzt sind Sie verheiratet ... Aber ledig sein! Niemanden zu haben! Niemanden anzugehören! Ich warte und warte, ich habe stets gewartet, ich habe den Wahnsinn, noch zu warten ... Ja, es ist schrecklich! Es ist ermattend auf die Dauer. Ich kann nicht mehr so allein sein ... Ich habe mich im Spiegel selbst geküßt, um die Illusion zu haben, daß ich Lippe auf Lippe presse. Nachts im Bett habe ich mein Kopfkissen umarmt, als ob es ein Menschenleib wäre. Soll ich sterben, ohne den Wonneschauer des Kusses zu kennen, den man empfängt, – und der Küsse, die man gibt? Mir ist, als wimmelte mein Mund von Küssen. Sie ersticken mich bisweilen ... Und ich küsse meine Hände, meine Arme, meine Brust, alles, was ich kann ... Ich betrachte mich ... Ich betrachte die Einsamkeit meines Leibes ...«

Unwillkürlich machte ich eine Bewegung des Staunens und der Überraschung über die Kühnheit dieser Mitteilungen, die mir um so seltsamer erschienen, als sie durch ein exaltiertes Gebärdenspiel begleitet wurden und ihre Wangen plötzlich fieberhaft erglühten. In meiner Verlegenheit wollte ich auf einen andern Gegenstand übergehen. »Welch ein schöner Abend!«, bemerkte ich mit einem Blick auf die Fichten am Waldsaum, zwischen denen die Nacht schon heraufdämmerte. Fräulein von Angis hatte mich gar nicht gehört. Sie verfolgte nach wie vor ihren Gedanken und sagte mit deutlicher Betonung jedes Wortes:

»Verstehen Sie wohl, wohin ich gekommen bin: Ich betrachte die Einsamkeit meines Leibes!«

***

Nach einigen Tagen wurde nach mir geschickt. Fräulein von Angis war plötzlich irrsinnig geworden und lief nackt im Wald herum. Man hoffte, daß mein Einfluß sie dazu bewegen würde, sich wieder anzukleiden und ins Dorf zurückzukehren, wo man dann weitere Maßnahmen treffen konnte. Ich dachte sofort an unsere letzte seltsame Unterhaltung. Jetzt endlich war sie ihrer allzulangen Ledigkeit erlegen! Aber der Wahnsinn erfüllte ihr gleichzeitig ihren Liebestraum. Als ich mich ihr nähern konnte, erzählte sie mir von Ihm, der da gekommen war und sie geheiratet hatte. Er fand sie schön, erwiderte ihre Küsse, bewunderte ihren Busen, bewunderte auch ihren Körper, ihren ganzen Körper ... So brachte der Wahnsinn auch ihr die Erfüllung ihres tiefsten Traumes und gleichsam ihre Selbstvollendung in dem von ihr gewählten Sinne. Denn wie wäre es sonst zu erklären, daß dieses anständige, schamhafte Mädchen, das noch jungfräulich war, sich nackt ausgezogen hätte, wenn nicht der Wahnsinn den Glauben in ihr erweckt hätte, daß sie endlich verheiratet sei, und daß sie sich deswegen auszog, wie in der Brautnacht ...

Im ganzen genommen verlieren die Irrsinnigen vielleicht nur den Sinn für die übrigen Dinge und geben sich dafür ausschließlich und bis zum Übermaß dem einen hin, was ihnen stets am Herzen lag.

Die Unbekannte

Dronsart schritt durch den Garten des Palais Luxembourg. Unwillkürlich verlangsamte er seinen Gang, bezaubert durch die Pracht des Herbstes. Uralte Bäume schlossen den Gesichtskreis wie mit rostbraunen Vorhängen ab, und droben am Himmel schoben sich schimmernde Luftschlösser hin, gläserne Treppen, rosige Aschenberge. Der Abend schmückte sich mit Purpur und Grau, den stolzen Farben eines untergehenden Reiches. Die sehnsüchtige Stimmung des herbstlichen Parkes steckte den Spaziergänger an. Er blieb an einem Wasserbecken stehen, dessen Fontaine unaufhörlich stieg und sank, wie ein ungestilltes Verlangen …

Sein überreiztes Gehirn knüpfte noch andere Analogien. Das Kupfer des welken Laubes, das unter seinen Schritten raschelte, erinnerte ihn an die Hörner, die im rotbraunen Walde klangen. Und durch den Kontrast der Farben wurde er plötzlich auf eine schwarz gekleidete Frau aufmerksam; sie bildete den geraden Gegensatz zu diesem Gold und der Buntscheckigkeit des alten Parks, die in seiner Seele weiter leuchtete. Sie war einfach und dunkel gekleidet, wenn auch nicht gerade in Trauer.

Fast schien es, als hätte sie sorgfältig jede helle Farbe vermieden. Sie trug nicht ein freundliches Band, nicht ein Schmuckstück, ja nicht einmal Blumen auf dem Hute. Darin lag Absicht, es war nicht anders möglich; sie wollte, daß ihre Kleidung ihren Gedanken entsprach. Denn sie sah nachdenklich und bleich aus und blickte in die Ferne, nach den Bäumen, in den Sonnenuntergang und noch weiter, wer weiß, wohin, über das Leben hinaus ... Er fühlte sich sogleich angezogen und durch ihr müdes Wesen gefesselt. Hatte sie einen wirklichen Kummer oder war es nur die Witwenstimmung der Stunde, die sie so schwermütig machte?

Es gibt leicht gereizte Nerven, gleichsam empfindliche Fäden, auf die sich alle Tränen der Welt aufreihen ... Er warf der jungen Frau einen kühnen, zärtlichen Blick zu. Sie wandte sich ab. Er ließ sich jedoch nicht abschrecken. Er ging vor der Bank hin und her und setzte sich schließlich neben sie. In der Nähe erschien sie ihm noch rührender. Den Himmel, die gläsernen Treppen, die rosige Asche, alles fand er in diesen großen Augen wieder. Ihr Mund war fein geschweift und wie aus dem Fleisch einer Frucht geschnitten. Ihr feines Ohr formte sich muschelartig. Ihr brandrotes Haar faßte den Goldglanz des ganzen herbstlichen Gartens zusammen. Auf den Wangen trug sie ein paar Sommersprossen – die ersten welken flüchtigen Blätter ...

Sie war sehr blaß, die Haut ungemein zart und weiß, als ob Licht von inwendig hervorschiene, wie ein Nachtlicht aus einer Glasschale.

Dronsart war tief erregt. Er blickte sie an und betrachtete ihre schmalen Hände mit den Gabelungen der Adern, ihre schlanke Figur mit dem ruhelos auf- und abwogenden Busen, der ganz wie der Wasserstrahl vor ihnen sich hob und senkte. Einen Augenblick begegnete ihr Blick den seinen. Sie hielt ihn aus, und er klammerte sich daran. Die Augen der Unbekannten willigten ein. Denn die Augen haben ihre Sprache und reden wie die Lippen. Dronsart wußte, daß ihm im voraus verziehen war.

Da wagte er, sie anzureden. Ein scheuer Versuch, stammelnde, schleppende Worte zögernder Lippen, nachdem die Herzen, die das Schicksal verknüpft, sich schon gefunden und erkannt haben. Dronsart sprach von dem schönen Abend, ihren großen Augen, und wie die Jugend oft so vereinsamt ist ...

»Auch Sie sehen traurig aus«, setzte er fragend hinzu.

»Ja.«

»Und wohin gehen Sie heute abend?«

»Nirgends hin.«

»Haben Sie keine Liebschaft?«

»O, reden Sie nicht von Liebe, nur davon nicht! Sprechen Sie dies Wort nicht mehr aus!«, bat sie mit verstörter Miene.

»Dann kehren Sie wohl zu ihren Eltern zurück?«

»Quälen Sie mich nicht mit Fragen, ich bitte Sie!«, flehte sie noch trauriger.

Ein Nebel umflorte ihre Augen. Ihr unruhig atmender Busen wogte noch schneller. Dann fuhr sie fort:

»Ich gehe nirgendswo hin. Ich kenne keinen Menschen mehr. Wenn Sie wollen, bleiben wir den Abend zusammen. Aber fragen Sie mich nicht mehr! Sprechen Sie, erzählen Sie Schönes und Trauriges, ganz langsam! Und fragen Sie mich nicht mehr nach mir selbst!«

»Nur Ihren Namen. Ich muß Sie doch bei Namen nennen. Ja, ich möchte Sie schon Du nennen. Sonderbar! Mir ist, als kennten wir uns schon lange Monate hindurch.«

»Mein Name! Ich habe keinen mehr. Ich möchte einen neuen Namen haben, einen andern Namen für uns beide und unter uns. Geben Sie mir selbst einen Namen, wie wenn ich geboren würde!«

Sie hielt inne. Dann wiederholte sie wehmütig:

»Wie wenn ich neu geboren würde.«

In diesem Augenblicke liefen zwei kleine Mädchen vorbei, die auf dem Wege Federball spielten.

Die eine rief: »Nel, Nel!«

»Halt, das ist ein hübscher Name!«, sagte plötzlich die

Unbekannte. »Nel, das soll jedenfalls Nelly heißen ... Vielleicht auch nicht ... Einerlei ... Nennen Sie mich Nel!«

***

Zwei Jahre waren dahingegangen, seit Dronsart die Unbekannte an jenem Abend ohne Widerstreben in seine Wohnung geführt hatte. Sie hatte sich bei ihm gleich wohl gefühlt und ihr Plätzchen gefunden.

Die Zeit war schnell verstrichen. Dronfart nannte sie immer noch Nel. Sie gedachten oft miteinander der Dämmerstunde, wo sie sich getroffen, der schönen gelben Bäume, des Wasserstrahls, der sich wie ihr Busen hob und senkte, und des Namens, den ihnen die Mädchen mit den Schlägern zugeworfen hatten wie einen Federball ... Nel hatte ihre traurige Miene abgelegt. Sie lächelte und lachte, freilich stets etwas ernst. Sie schien glücklich. Manchmal fragte er sich, wie wohl dies Abenteuer enden würde, das wie die Laune eines Abends begonnen hatte und schon zum langen Verhältnis geworden war. Einerlei! Er fühlte jetzt nicht die Kraft, dies liebe Band zu zerreißen, noch überhaupt die Kraft, sie ins Leben zurückzustoßen, die sich aus ihm gerettet hatte wie aus dem Meere. Hatte sie wohl Schiffbruch erlitten an jenem ersten Abend im Luxembourg-Garten? Aber welcherlei Schiffbruch? Seit den zwei Jahren ihres Zusammenlebens hatte er nichts erfahren und erraten. Nel blieb stets undurchdringlich. Wagte er einmal, sich nach ihrer Vergangenheit zu erkundigen, so flehte sie: »Nein, laß!« Und sie wurde ungeduldig, wie wenn jemand Wunden sehen wollte, an denen sie nicht mehr litt.

Dronsart wußte also nichts von ihr, nicht einmal ihren richtigen Namen.

»Ich bin deine Nel«, sagte sie mit zärtlicher Schalkheit. »Ich trage einen Namen nur für unsere Liebe. Du mußt es zufrieden sein, daß ich für dich nicht dasselbe bin wie für die anderen. Übrigens gibt es nichts als uns. Du bist mir die Welt.«

Und wenn sie ihn umarmte, schauderte sie zusammen, war zärtlich und leidenschaftlich. So hatte er sie vom ersten Abend an gekannt. Sie wußte, was Liebe ist, aber sie war weder zu erfahren noch zu unverblümt; und leicht schwanden ihr die Sinne in stummer Verwirrung, die nichts davon verriet, wie sie die Liebe kennen gelernt hatte.

Ein jungfräuliches Geheimnis umgab sie. Nie brach sie dieses starrsinnige Schweigen, in dem sie sich selbst vergessen zu haben schien, auch nur für Augenblicke. Im Gegensatz zu anderen Frauen, die die kompliziertesten Geschichten erfinden – eine reiche Kindheit, begründete, aber gescheiterte Hoffnungen – blieb sie verschlossen.

Dronsart konnte sich nicht einmal auf Anzeichen, kleine Züge, verstreute Einzelheiten stützen, die, zusammengehalten, einen Sinn bekamen und ein Bild gaben. Er bekam nichts heraus, entdeckte keinen Einzelzug. Ein achtloses Wort öffnet bisweilen wie ein Schlüssel die Türen zu erleuchteten Gängen und zu den großen Sälen der Gewißheit … Es gibt Worte, die plötzlich offenbar machen, welche Kindheit man hatte und welche Liebschaften. War sie in Paris aufgewachsen oder auf dem Lande? Wie hatte sie erfahren, was Liebe ist? Gewiß hatte sie Beziehungen gehabt; aber zu wem? Welches waren die Liebhaber, die man sich hätte vorstellen können? Denn die meisten Männer haben die Ausdrücke und Gewohnheiten ihres Berufes an sich, und die Frauen lernen sie ihnen sofort ab. Nel hingegen zeigte keine Spur von irgend wem und irgend etwas. Ihm war, als käme sie unmittelbar von ihm, als hätte er sie geschaffen in dem gelben Eden des alten Parkes an jenem Oktobertage. Nel! Sie war seine Nel! Sie hatte den Namen an jenem Abend angenommen – für ihn. Sie war tot für ihren weiteren Namen, ihre Vergangenheit und alles andere.

Ihr Glück war zu groß.

Die zarte, blasse Nel erkrankte an einem Brustleiden, das rasch ernst ward. Das Licht hinter ihrer bleichen Haut begann zu verlöschen. Sie war matt und ihre Farbe bleigrau wie schmelzender Schnee. Nel schwebte in Lebensgefahr. Da geriet Dronsart in Angst wegen des unaufgeklärten Geheimnisses ihrer stets verborgenen Vergangenheit. Sie hatte ohne Zweifel noch Eltern, denn sie war jung. Auch einen Mann, den sie vielleicht verlassen hatte. Mußten sie nicht benachrichtigt werden? Wer weiß, ob sie nicht in diesen letzten Stunden, wo man die Summe seines Lebens zieht, nicht selbst den Wunsch hegte, sie wiederzusehen? Nur wagte sie es nicht zu sagen und darum zu bitten. Dronsart entschloß sich, sie zu fragen.

»Soll deine Mutter nicht zu dir kommen und dich pflegen? Hast du jemanden, den du sehen möchtest?«

»Ach, ich soll also sterben!«, schrie sie herzzerreißend.

Sie drehte sich nach der Wand um, ohne ein Wort zu sagen ... Dronsart hörte sie lange unter ihrem Bettuch weinen.

Erst am Abend brach sie das Schweigen.

»Sag', daß ich wieder gesund werde, daß ich noch leben werde. Wir waren ja so glücklich.«

Und vorwurfsvoll setzte sie hinzu:

»Warum hast du mich wieder gefragt?«

»Nicht doch, du hast mich mißverstanden!«

»Was geht's dich an?«, antwortete sie in fast feierlichem Tone. »Selbst wenn ich sterbe: ist's nicht besser so? Unsere Liebe war namenlos. Sie hatte keinen Namen als den unseren. Ich war für dich Nel, das heißt ich selbst. Und so ist's am besten für dich. Entsinnst du dich? In den Museen, wohin du mich führtest, standen wir oft vor Bildern mit der Aufschrift: »Unbekannt«. Und wir träumten lange. Meine Liebe wird ebenso sein und holder, weil sie so ist ... «

Nel starb. Dronsart war untröstlich. Ohne das Geringste von ihr zu wissen, nicht einmal ihren Zivilstand, rief er dem Standesbeamten nur den tränenerstickten Namen »Nel« entgegen. Der Beamte hatte ihn mißvergnügt nach Daten, Alter und Familie gefragt.

Dronsart wußte nichts von ihr, die seit zwei Jahren seine Geliebte war. Aber im Angedenken an ihre letzten Worte setzte er auf das Kirchhofskreuz die wehmütige und doch so wahre Aufschrift: »Unbekannt« – als wären die Kirchhöfe auch Museen, die Museen des Todes.

Geweihter Buchs

Eines Jahres am Palmsonntag herrschte große Aufregung und Trübsal in einem stillen Beghinenkloster Flanderns. Es war kurz vor dem Hochamt. Die Glocke läutete in ihrem durchbrochenen Turme, so schwach, als ließe sie einen Rauch von Klängen in den Wind aufsteigen. Etliche Andächtige aus der Nachbarschaft kamen schon herbei, sanfte Greise und Frauen, deren Tuchmäntel auch wie Glocken schwangen. Die Beghinen begannen aus ihren kleinen Klöstern herauszutreten und schritten zur Messe.

In der Kirche ging Schwester Dorothée-des-Anges, die Sakristanin, mit wachsender Unruhe auf und ab. Der Blumengärtner des Ortes, der schon so lange für sie lieferte, hatte heute früh keinen Buchsbaum geschickt. Und sie war doch vor acht Tagen noch bei ihm gewesen und hatte ihn ausdrücklich daran erinnert. Er konnte es nicht vergessen haben. Was war also geschehen? Gewiß ein Unglück, ihm oder einem der Seinen. Schwester Dorothée-des-Anges war in größter Verlegenheit. Sie hoffte bereits nicht mehr, ihn noch kommen zu sehen, und in einer Viertelstunde fing das Hochamt an. Sie mußte um jeden Preis ihre Buchsbaumzweige haben; sie waren zu der kirchlichen Zeremonie vonnöten, und dann mußte das Kloster und die Klostergemeinde welche bekommen, darauf rechnete jeder.

Sie faßte schließlich einen verzweifelten Entschluß und ging flugs nach dem Mutterhause, wo in der einen Ecke der Einfriedigung die Äbtissin wohnte. Sie teilte ihr den ärgerlichen Tatbestand und das dringende Bedürfnis mit; aber es gab nur eine Abhilfe dafür: von Kloster zu Kloster Befehl zum Abschneiden des Buchsbaums zu schicken, der, wie es Brauch ist, all die kleinen Gärten schmückt, die Beete einfaßt und die Anfangsbuchstaben der Schutzheiligen oder das Herz Jesu, von einem grünen Schwert durchbohrt, mit seinen glänzenden Blättern schmiegsam nachbildet. Anfangs gab es einen wahren Aufstand, denn sie hängen an ihren blühenden Gärtchen, die Beghinen! Sie können sich nicht genugtun an hübscher Anordnung und sinnvollen Erfindungen. Die Zeichnung ist ganz wie bei ihren Spitzen. Auch hier sind Rosetten, kleine Übergänge, zarte Hintergründe, offene oder halboffene Blumenkelche. Eine feine und genaue Arbeit. Ihre Spitzen sind wie weiße Scheiben, mit Reifblumen besät; ihre kleinen Gärten sind wie bunte Scheiben.

Aber schnell wurde entsagt, aus Gehorsam und um Gott nicht zu mißfallen. Im Kloster der acht Seligkeiten, im Kloster der Gottesliebe, in allen bedeutenden Klöstern der Gemeinde ward der Befehl unverzüglich befolgt. Alle Buchsbaumhecken wurden bis zum Boden abgeschoren und in die Weidenkörbe der Wirtschaft gepackt.

Winzig war die Ernte in jedem Garten, und doch groß genug, daß er nun kahl dalag. Da dachten die Beghinen an ein gleiches Opfer, in das sie auch gewilligt hatten, damals, als ihr Haar der Scheere verfiel. Und ihre Gärtlein wuchsen ihnen noch mehr ans Herz. Es war, als gehörten sie fortan zur Religion.

***

Aber während die großen Klöster ihren Buchsbaumschmuck unverzüglich geopfert hatten, gab es in einem ganz kleinen, dem Kloster der Barmherzigkeit am Ende einer der Ringgassen, eine lange Szene. Es war eines der bestgepflegten der Umfriedung, von geradezu blendender Sauberkeit. Die Kupferbeschläge der Tür leuchteten wie die an den Schiffsgallionen in den Kanälen. Die Scheiben funkelten, und dahinter spannte sich frisches Musselin, so frisch, wie Schleier von Abendmahlskindern. Der Kalk in den Fugen zwischen den rosigen Ziegeln zog lange weiße Streifen an der Mauer. Es war ein fast überirdisches Heim durch die stete, geduldige Pflege, ein kleines Wunder unter einer ätherischen Glasglocke, die beim Nahen jedes Vorübergehenden wahrscheinlich verflog, ein Feen- und und Traumkloster. Erschien eine Beghine an einem der Fenster, so erstaunte alles. Es war weniger eine Haube, die man sah, als ein schneller Flug von zwei linnenen Flügeln, die sich gen Himmel schwangen. Das Wunder dieser Behausung verdankte man Schwester Monika, die dort allein mit zwei Beghinen hauste. So zu dritt allein war die vollkommene Ordnung und Reinlichkeit möglich. Sie hatte diesen Sinn bis zur Gewissensqual und teilte ihn ihren jüngeren Gefährtinnen mit. Sie hielt ihr Kloster wie ein Gewissen. Das geringste Stäubchen beunruhigte sie wie die verzeihliche Sünde der Möbel. Noch mehr wider-stand ihr jegliche Unordnung und Nachlässigkeit, das heißt alles, was der Ordnung und Sauberkeit Abbruch tat, alles unnötige Zubehör, das die unveränderliche Ordnung dieser Wohnung stören konnte, die bereits einen Schein von Ewigkeit und Unzeitlichkeit trug, als hätte sie nicht mehr Gestalt und Leben. Als nun auch sie den Befehl erhielt, allen Buchsbaum ihres Gartens für die Zeremonie der Einsegnung der Palmenzweige abzuschneiden, war Schwester Monika im Augenblick wie vernichtet. Aber im nächsten Augenblick hatten sie schon einen Entschluß gefaßt. Sie hätte sich nie und nimmer entschlossen, ihr Gärtchen, das ebenso reizend gepflegt, so tadellos und sozusagen ewig war, wie ihre Behausung, mit einem Schlage zu verwüsten und zerstören. Sie hatte bald ihre Scheingründe zur Hand. Was war das bischen Buchs, der ein Herz Jesu mitten im Beete bildete? Was vermochten diese paar Zweige in dem großen Haufen, den die übrigen Gärten des Beghinenklosters geliefert hatten? Das hieße eine Kerze bei den Sternen des Himmels anzünden ... Sie wollte also nicht mittun, und das würde niemand schaden; niemand würde es merken. Sie tat den beiden anderen Schwestern, die mit ihr lebten, ihren festen Willen kund und erlegte ihnen unbedingtes Schweigen auf. Damit war ihr Gärtchen vor der Mordlust gerettet! Sie hatte es nicht so sorgfältig umgegraben, gehackt, besät, bepflanzt und unaufhörlich mit eigenen Händen begossen, um es in einem Augenblick zu verwüsten. Das war der Grausamkeit zu viel! Das hieß, ihr anbefehlen, ihr Kind zu morden. Und als Schwester Monika entrüstet zum Hochamt schritt, vermeinte sie auf den grasgrünen Türen der andern ein blutrotes Kreuz zu sehen, wie in Judäa beim Kindermord ...

Beim Hochamt war es rührend zu sehen, wie die Beghinen in ihren langen weißen Schleiern in Prozession einherzogen und eine jede vom Priester einen geweihten Buchsbaumzweig empfing. Sie frohlockten, als sie den einzigen Zweig von ihrem geopferten Garten wieder bekamen; sie freuten sich des Gott und den andern dargebrachten Opfers, denn die Laien begannen sich in ihren Zug zu mischen, sanfte Greise und Frauen in langen Mänteln, die Frommen der Nachbarschaft, in deren Hände sich nun ihre Gärten zerstreuten. O Freude sich so hinzugeben! Der Pfarrer des Beghinenklosters machte diesen schönen Zug zum Text seiner Predigt; er sprach mit bewegten Worten von der großen Gnade Gottes, der den guten Willen der Beghinen habe prüfen wollen. Und nun hatten alle dem himmlischen Rufe Folge geleistet, keine hatte gefehlt. Alle opferten den Buchs ihrer Gärtlein. O Schönheit des Opfers, das symbolisch erschien! Das Herz Jesu aus grünen Zweigen – es war auch ihr eignes Herz. Und Gott will, daß man immer so tue; man soll sich ein lebendiges Herz schaffen und es dann hingeben, unter die Nächsten verteilen.

**

Schwester Monika hatte der Rede mit wachsender Unruhe gelauscht. »Keine hatte gefehlt.« Gewiß, der Pfarrer des Beghinenklosters wußte es nicht anders, aber Gott kannte die Wahrheit. Die ganze Häßlichkeit ihrer Sünde ward ihr plötzlich bewußt. Vorher hatte sie gute Gründe gehabt, hatte sie sich mit Ausflüchten und Lügen betrogen. Das ist die List des Satans, der die Sünde beschönigt und ihr abscheuliches Antlitz schminkt. Das wurde ihr jetzt alles klar. Sie hatte zunächst den Befehl ihrer Oberin nicht befolgt, das war schon schlimm. Aber vor allen Dingen hatte sie schlecht gegen Gott gehandelt. Sie hatte sich geweigert, ihren Buchsbaum für die Altäre herzugeben! Welche Schmach! Mit der Kirche zu feilschen und Gott zu betrügen! Schwester Monika hielt sich für eine große Sünderin. Der geweihte Buchszweig, den sie bei der Hochamtsprozession vom Priester erhalten hatte, brannte ihr in den Fingern, wie ein Gewissensbiß. Sie wagte ihn nicht zu behalten und mit nach Hause zu nehmen. Sie stahl sich beiseite, um ihn vor dem Ruhaltar der Jungfrau nie-derzulegen, als Sühnopfer zwischen Buketts und glasierte Vasen. Sie zündete zur Buße noch eine magere Kerze an und steckte sie auf den schmiedeeisernen Leuchterstuhl, auf dem ununterbrochen ein Lichterflirren war.

Als sie ihr kleines Kloster wieder betrat und ihr gerette-tes Gärtlein erblickte, dessen grünes Herz Jesu sich noch immer in seinen Zickzacklinien schlang, da ward ihr voll-ends Herzangst zumute. Sie mußte sich in den nächsten Tagen vor aller Augen verbergen, jedem ungebetenen Besu-cher die Tür weisen, damit ihr hier verborgenes Geheimnis nicht durchsickerte. Vorausgesetzt, daß die beiden jungen

Beghinen, die mit ihr hausten, nichts ausschwatzten! Sie machte ihnen tausend Vorstellungen zur größten Unzufriedenheit der beiden; sie hatten sich von Anfang an geweigert, denn sie hatten nicht ungehorsam sein wollen. Nun verdroß sie die gemeinsame Verantwortung, die gemeinsam zu tragende Reue. Ein häßlicher Streit entstand. Sie machten Schwester Monika bittere Vorwürfe, und diese machte sich deswegen selbst welche. Sogar der Anblick ihres Gärtleins tröstete sie nicht. Sie sah es mit Schauder an, als ihren Versucher, die Ursache und den Anlaß ihres Falles. Der Böse hatte sich in Blumen gekleidet, um ihre Seele desto gewisser zu verderben. Es war die Schlange aus dem Garten Eden, die sich da in Gestalt eines Herz-Jesu mit ihren grünen Schuppen wand.

Schwester Monika krankte außer an ihrem Alter noch an einem sehr alten Herzleiden. Sie litt den ganzen Sonntag an schweren Beklemmungen. Sie glaubte sich im Stande der Todsünde. Sie hielt auch ihren Ruf für verloren, denn die Beghinen mußten ihren Ungehorsam ja doch erfahren. Am Abend legte sie sich krank nieder. Und am nächsten Morgen, als sie nicht zur gewohnten Stunde aufstand, fanden ihre beiden Gefährtinnen sie tot in ihrem Bette. Sie riefen die Oberin, den Pfarrer und die anderen Beghinen schnell zur Hilfe, und als diese erschienen, da gab es ein großes Verwundern ob des Gärtleins mit seinem grünen Herz-Jesu. »Schwester Monika hat ihren Buchs nicht hingegeben!«

Die Kunde rief großes Ärgernis hervor, namentlich Schwester Dorothée-des-Anges, die Sakristanin, war außer sich. Alle Schwestern bekreuzigten sich. Dieser plötzliche Tod war eine Strafe Gottes. Eine jede wiederholte entsetzt: »Sie hat ihren Buchs nicht hingegeben!« Man hielt sie für verdammt oder doch wenigstens auf lange dem Fegfeuer verfallen.

Als man sie für den letzten Schlaf gerüstet, den Leichnam auf das kleine Bett mit den blaßlila Kattunvorhängen gelegt und ein Messingkruzifix in ihre Hände gedrückt hatte, wollte man auf die Lade neben sie ein Buchsbaumzweiglein in Weihwasser stellen, wie es Brauch war. Aber Schwester Monika hatte das ihre nicht aus der Kirche heimgebracht; sie hatte es nicht gewagt. Da bat man jede Beghine aus der Nachbarschaft, das ihre herzugeben; aber alle weigerten es, denn sie fürchteten sich oder grollten der, die Gott gezüchtigt hatte. Schließlich blieb nichts andres übrig, als aus Schwester Monikas Garten einen Zweig ihres eignen Buchsbaums zu nehmen und in einem Glas Wasser neben die Leiche zu stellen. Sie hatte ihr Gärtlein nicht antasten wollen – nun tastete der Tod es an. Die Stelle aber im Jesuherzen des Blumenbeetes, wo der Buchs geschnitten war, klaffte plötzlich wie eine Wunde, eine unvermeidliche Wunde, an der Schwester Monika gestorben war.

In der Schule

Jedesmal, wenn es wieder Oktober wird, denke ich fast mit Schaudern an den Augenblick zurück, wo die großen Ferien zu Ende waren und ich in die Schule zurück mußte. O, traurige Zeit des Niederganges! Trübe Jahreszeit, die mich durch die Jahre hindurch noch immer anblickt wie die weißen Augen einer Statue auf einem Grabe! Wer in Paris seine Ausbildung in den großen Lyzeen erhält, der weiß von diesen Schmerzen nichts. Dort dringt durch Tür und Fenster immer noch ein Widerhall der großen Stadt und ihrer Vergnügungen, an denen sich die Neugier des Jünglings berauscht, – lauter Dinge, die einem Lust zum Leben machen. Aber die großen Priesterschulen in der Provinz, wie traurig sind sie und wie öde! Die meine war abgeschlossen, wie ein Seminar. Und ringsum lag die tote Stadt in ihrer Schwermut, von den tränenweichen Klängen ihrer Glocken durchzittert. In der Mitte lag ein Hof, kahl und eben wie eine Sanddüne, an der die Meeresflut all ihren Kummer zurückgelassen hat. Nicht ein Baum, der ihn mit etwas Leben erfüllte. Nur das erbarmungslose Zifferblatt der großen Uhr in einem Giebel. Die Zeiger suchten und flohen sich, und der Stundenschlag scholl dumpf herab; wie ein Schatten legte er sich auf unser Leben. Es war wie ein Regen von Eisen und Asche ... O, trübes, eintöniges Dasein hinter den hohen Mauern dieses Hofes, die alle Sonne wegfingen! Dort lernte meine junge Seele dem Leben entsagen, denn sie lernte zuviel vom Tode.

Ja, der Tod! Ihn stellten die Priester, die unsere Lehrer waren, vom ersten Augenblick an mitten unter uns. Wir

kamen aus dem Elternhaus mit unserer hübschen Lade
voll neuer, weißer Wäsche – und sie legten die Sargdecke
der Totenbahre hinein, mit ihrem schwarzen Sammet und
gelben Borten. Wir dachten nur daran, bald erwachsen zu
sein und auf eigenen Füßen zu stehen; wir wollten lieben,
wir wollten die Welt erobern und leben lernen. Und man
lehrte uns die Vorbereitung auf den Tod.

Alles trug den Stempel des Todes, wie mit Absicht.
Selbst die Spaziergänge, die wir allwöchentlich einmal
unternahmen. In langem Zuge, immer drei zusammen,
schritten wir hastig durch die Stadt, an den Kanälen mit
ihrem toten Wasser vorbei, durch die öde Stadtgegend des
Bischofspalastes, um möglichst schnell nach den traurigen Vorstädten zu kommen, wo die Kirchhöfe lagen. Fast
jedesmal begegnete uns ein großer, geputzter Leichenwagen mit finsteren Sargträgern, den schwarzen Dreimaster
auf dem Haupte. Die Pferde fielen in Trab, sobald die Vor-
stadt erreicht war ... Der Wagen tanzte und holperte auf
dem schlechten Pflaster. Welche Angst mochte wohl der
arme Tote da ausstehen, dem diese harten Stöße sicher
weh taten! ... Wohin unser Kinderzug sich wandte, in allen
vier Ecken der Stadt traf man zuletzt auf Kirchhöfe, und
diese sahen in unserer ernsten Provinz, wo man die Kunst
des Gräberschmückens nicht kennt, doppelt trostlos aus.
Nirgends frische Blumen, Bänder und Schleifen, dieses
Leichenspielzeug, diese weißen Perlen, die wie Tränen
zum Kranze vereinigt sind ... Nichts als das düstere Laub
der Trauerweiden und die steifen Lebensbäume, wie ein
Schicksalsgebot der Selbstverleugnung. Mir war, als würden wir alle in Reihe und Glied zum Tode geführt; es war
das dumpfe Gefühl des Lammes mit dem roten Mal, wenn
es zur Schlachtbank geführt wird ... Und wir wurden hastig auf der dämmernden Straße dahingescheucht; ein langer, knochiger Priester trieb uns wie ein schwarzer Schä-

ferhund ... Derart verekelte man uns den Naturgenuß für alle Zeit. Fließende Bäche, der Wind, der durch das Korn geht, die Vögel, der weite Raum, der offene Himmelsdom, die Tiere mit ihren schönen Formen, die Bäume mit ihrem geschwätzigen Murmeln: nichts macht mir Freude, nichts verleiht mir die tiefe Trunkenheit des Lebens. Ich erblicke in der Erde nur die letzte Ruhestätte. Ja, der Tod! Noch mehr als auf diesen schwermütigen Spaziergängen umgab er uns beim Gottesdienst. Namentlich während der Bußzeit gleich nach den großen Ferien, als ob unseren jungen Seelen sofort wieder die Ewigkeit vorgehalten werden mußte, auf die es allein ankam.

Die Bußtagspredigt hielt gewöhnlich ein fremder Prediger, oder vielmehr waren es vier Tage von Reden, geistlichen Betrachtungen und Übungen, die mit allgemeiner Buße und Eucharistie endigten. Der Priester auf der Kanzel hielt uns schwermütige und leidenschaftliche Reden über die Vergänglichkeit des Daseins, den unvermeidlichen Tod und die Furchtbarkeit der Sünde, um dann mit vorsichtigen Umschreibungen, die nur von einigen ganz verstanden wurden, aber den anderen, die keusch geblieben waren, kaum erklärlich waren, zum sechsten und neunten Gebot überzugehen. Namentlich, was der heilige Redner über die Hölle sagte, ist mir noch in grausamer Erinnerung. Jedesmal am Abend, wenn die Kirche schon in Schatten getaucht war, kam er auf diesen furchtbaren Gegenstand zu sprechen. Es war eine tragische, glühende Schilderung. Er zeigte uns einen plötzlich aufgähnenden Abgrund von ewigen Flammen, Körper in Lohe gehüllt. Arme voller Brandwunden, Lippen, die nach einem Tropfen Wasser lechzten, um sich zu erlaben, nach einer Träne Gottes, die doch nie rinnen wird ... Dunkel herrschte ringsum. Nur hier und da flackerten einige Kerzen unstet im Luftzuge. Wir waren niedergeschmettert. Das Feuer der Hölle umlohte uns schon.

Und die Stimme des Predigers schallte allein ... Er selbst war in die Finsternis getaucht und gehörte zu ihr ... Es war, als hätte der Mund der Finsternis gesprochen ... Und ihre Stimme klang wie die eines Inquisitors. Jeder von uns fühlte sie drohend an sich gerichtet. Sie sagte: »Das ist euer Los, wenn ihr einst sterbt. Ihr werdet Flammenkleider tragen. Und es gibt Fälle von plötzlichem Tode in jedem Alter.«

Wir zitterten schon in Todesschauern ...

Bei unserer großen Jugend fühlten wir uns nicht immer so bedroht, trotz dieser ewigen Sterbensmahnungen. Aber es gab auch Krankheiten bei uns. Wer krank wurde, kam in das Zimmer mit den weißen baumwollenen Fenstervorhängen; es waren die beiden letzten Fenster in dem hohen Gebäude am Hofe ... Krankenzimmer – wie traurig das Wort uns klang! Es kam uns vor wie das Vorzimmer der Ewigkeit, und wir blickten ängstlich hinauf zu den zwei hohen Fenstern, wenn einer aus unserer Mitte erkrankt war und das Bett hüten mußte. Übrigens war fast stets einer oben, der an Kopf- oder Zahnweh litt, eine weiße Binde um Stirn oder Backen trug und sein bleiches Gesicht gegen die Scheiben drückte. O, wie traurig sah es unten vom Hofe aus, dieses junge Gesicht mit dem Reifbande und der schneeigen Binde! Es war wie nach einer Schlacht. Man meinte, einen kleinen Verwundeten zu sehen, und unter dem weißen Linnen floß Blut.

In allen diesen trüben Jahren sollten wir nur einen Lichtblick haben, eine Offenbarung der Schönheit, ein himmlisches Mondlicht zwischen den dunklen Bäumen. Man wollte uns auf den Tod vorbereiten. Unsere Jugend bereitete sich von selbst auf die Liebe vor. Wie diese Enthüllung geschah? Durch ein Buch. Ich werde ihn nie vergessen, diesen unsäglichen Zauber. Die Schulbibliothek war ernst, sorgsam ausgewählt und von geradezu puritanischer Strenge und Reinheit. Nichts als Lebensgeschichten von Heiligen, Geschichtswerke, Reisebeschreibungen ... Durch einen Zufall fanden sich auch die »Harmonies poetiques et religieuses« vor. Wir durften nur am Abend lesen, eine halbe Stunde nach Beendigung der Arbeiten. Es übte eine magische Gewalt auf mich aus, dies geheimnisvolle Buch; es begann in meinen Fingern zu singen wie ein Lied ... Lamartine! ... Ich sah sein Gesicht auf den weißen Seiten, schön wie das eines Gottes ... Und ein anderes Antlitz erschien neben dem seinen – Elvire! Ihre Haare flossen zusammen ... Das Mittelmeer trug sie an sein Gestade ... Die Verse murmelten leise, sie hoben und senkten sich wie blaue Wogen ... Wo war ich doch? Der Traum entrückte mich ins Feenland ... Die großen Lampen des Arbeitszimmers gossen einen bleichen Mondschein aus ... Ihre schweren Schirme bildeten einen Hof ... Elvire! Das also war die Liebe! O, dieses Antlitz, dieses rabenschwarze Haar, diese ananasbraune Haut der Töchter des Südens! ...

War das die Liebe? Und was weiter? O unaussprechliche Verwirrung! ... Was sprachen sie uns doch vom Tode, diese traurigen Priester? Zuerst kam die Liebe! O, wann würde sie uns tagen? Elvire war unterwegs ... Wir träumten von Küssen ... Das Herz stand uns im Leibe still. Der Atem stockte wie beim Laufen oder bei gewaltigem Schreck. Elvire – wir verglichen sie mit den jungen Mädchen, die wir in den Ferien gesehen hatten, einer kleinen Kusine, die mit den Eltern zu Besuch war und uns errötend angeblickt hatte ...

O, über diese erste Offenbarung der Liebe! Sie war wie ein kleines Fieber, das uns die Wangen rötete ... Wir wußten nichts mehr von Raum und Zeit ... Wir träumten ... Wir mutmaßten ... Wir malten uns leidenschaftliche Bilder aus, aber ohne unreine Gedanken. Die Phantasie allein entwarf sie. So keusch wir waren, uns bezauberten die Traumbilder der Liebe; wir schwärmten von Elvire und der kleinen Kusine, die ihr glich. Aber die Gottesfurcht hielt uns in Schranken, die Furcht vor der Sünde, vor schlechten Gedanken und Gelüsten, denen wir zum Opfer fallen konnten, die Todsünde ... Und der Gedanke an den Tod kam wieder, die Todesfurcht, die bald die Liebeslust verscheuchte ...

Denn mehr als der allzuferne Traum der Liebe war uns der Tod die Wirklichkeit ... Besonders, als einer von uns ernstlich erkrankte. Er mußte ins Elternhaus zurück, und nach einigen Wochen erfuhren wir, daß er gestorben war. Unwillkürlich dachte jeder sogleich an die Worte des Predigers: »Man stirbt in jedem Alter. Hütet euch vor der Verdammnis! Ihr werdet Flammenkleider tragen in der Hölle!« War unser unglücklicher Mitschüler verdammt worden? Trug er auch Flammenkleider? Dann hatte er auch Elvire getroffen, die ebenfalls tot war ... War sie auch verdammt oder gerettet? Wir verwechselten die beiden in der Erinnerung ... War er es oder sie, der auf der leeren Schulbank fehlte? Niemand wollte den Platz einnehmen. O, diese Lücke war uns unerträglich! ...

Es war wie ein Öffnung in einer blühenden Hecke, durch die ein Sarg getragen worden. Eine klaffende Lücke. Sollte man dieses Grab nicht zuschütten? Sein Fehlen mußte verdeckt werden. Aber jeder zitterte davor. Keiner wollte den Toten ersetzen. So schien er seinen Platz in unserer Mitte zu behalten ...

Ein trauriges Wahrzeichen! Stets den Tod mitten unter uns in unserer Jugend! O, diese Jahre, wo wir hätten lernen müssen, das Leben zu lieben, und wo man uns nur das eine lehrte: mit dem Tode vertraut zu werden! O, allzu fromme Schule! Und ringsum eine tote Stadt! Die Todesfurcht verwandelte alles und gab allem einen Grabessinn, selbst der Liebe, die uns in Gestalt der toten Elvire entgegentrat. Und selbst wenn von der Turmuhr die dumpfen Schläge

herabdonnerten, schien es uns armen Kindern, als begrü-
ben sie die Stille, wie Erdschollen, mit denen man ein Grab
zuschüttet.

Die Chorherren

Der Bischof war gestorben. Sein Ende war tapfer gewesen, wie sein Leben. Monseigneur Prat hatte die Sterbesakramente empfangen und seine Seele entlastet, und nun lag er ruhig, fast heiter da, bereit vor Gottes Antlitz zu treten, während sein Großvikar und die Chorherren ihn ernst umstanden und seine Dienerschaft, besonders sein treuer Kammerdiener, heiße Tränen vergoß. Er dachte an die Vergangenheit zurück. Sein Leben war gut, schön und bewegt gewesen, ganz wie er es sich erträumt hatte. Seinem Wirken dankte die Diözese eine ganze Saat von Klöstern und Hospizen. Er war beliebt und selbst berühmt geworden. Er dachte an seine Tätigkeit als klerikaler Abgeordneter, seine Reisen nach Paris, die hübsche Junggesellenwohnung im Faubourg Saint-Germain und seine Erfolge als Redner, die Triumphtage auf der Tribüne, wo seine Priesterarme sich gleich Flügeln bewegten und seine weißen Hände über der Versammlung schwebten wie der Geist Gottes über den Wassern …

Monseigneur Prat entsann sich alles dessen ganz genau. Er geriet in Feuer, frohlockte und versuchte noch Rednergebärden. Aufrecht saß er in seinem Bett, den Körper von Kissen gestützt, aber heiter und fröhlich, fast kampflustig, in der Rechten ein großes elfenbeinernes Kruzifix schwingend. Er ließ es spielend durch seine Finger gleiten, warf es in die Luft, fing es wieder auf, schwenkte es hin und her und trieb unbewußt seine Kurzweil damit, wie ein nervöser Zeitungsleser mit einem Papiermesser …

Die gestrengen Chorherren fühlten sich verletzt. Sie

hätten das heilige Kruzifix gern aus den unehrerbietigen Händen des Sterbenden befreit, aber sie wagten es nicht. Starrköpfig und herrisch, wie er gegen sie war, schüchterte er sie noch an der Schwelle seines Grabes ein. Seine Augen flackerten im letzten Schimmer. Er sprach noch völlig klar und sehr schnell; er traf tausend Anordnungen. Mit boshaftem Lächeln, dessen ganze Tücke sie erst später ermessen sollten, winkte er dem Großvikar zu und sagte röchelnd: »Testament ... da ... Schreibtischschublade ... Selbstgeschrieben ... Nicht Notar ... Morgen ... dem Kapitel vorlesen ...« Und alsbald verschied er, wie wenn ihm nach dieser Mitteilung nichts andres übrig bliebe, als in den Tod zu flüchten ... Das große Kruzifix entglitt seiner Hand, sank um und fiel ihm auf die Brust, an der es zu entschlafen schien, wie am Busen eines Freundes.

Tiefe Trauer erfüllte das ganze Land. Der Bischof war wegen seiner Freigebigkeit, seiner Behäbigkeit und Unerschrockenheit überall beliebt gewesen. In der Stadt wie im ganzen Bistum herrschte aufrichtige Betrübnis. In allen Gemeinden läuteten die Glocken und zogen schwarze Trauerpfade durch die Luft, die wie von Wehklagen bevölkert schienen ...

Im bischöflichen Palast ward der Leichnam nach seiner Einbalsamierung im großen Prunksaale aufgebahrt; er lag im Bischofsornat auf einem Paradebett, einer Art von riesiger Estrade mit Kerzen ringsum, und die Seminaristen lösten sich in der Totenwache ab. Auch sie liebten den Entschlafenen. Er hatte die Herzen dieser angehenden Priester schnell gewonnen; war er doch selbst ganz so sorglos und vertrauensselig, zu Gott und dem Zufall ergeben, so lyrisch angehaucht und ahnungslos, wie die Jugend! Die Chorherren dagegen lagen in stetem Konflikt mit ihrem Bischof; es verdroß sie, ihn so unüberlegt, waghalsig, redselig und undiplomatisch zu sehen. Er berechnete seine Worte und

Gedanken nicht besser, als seine Ausgaben. In welchem Zustande würden sie die Geldangelegenheiten der Diözese wohl finden?

***

Dem letzten Willen Seiner Eminenz gemäß versammelte der Großvikar das Domkapitel am folgenden Tage im großen Kapitelsaale des Bischofspalastes, um das Testament des Monseigneur Prat zu verlesen. Es hatte sich tatsächlich in der bezeichneten Schreibtischschublade gefunden.

Von den ersten Zeilen an war alles starr: der Bischof gestand die Unordnung seiner Finanzen ein. Dies Testament war eine Rechnungslegung von einer für den ungeordneten Geist, den man dem Bischof insgemein zuschrieb, geradezu verblüffenden Zuverlässigkeit. Er hatte viel zu viel angefangen: Rechnungen von Baumeistern für Kinder- und Greisenhospize, neue Klöster, Anleihen für Priesterschulen, die in der Zeit des Kampfes gegen den Laienunterricht so viel Geld gekostet hatten und so weiter. Die Gegenrechnung bildeten seine Aktiva: Dreihunderttausend Franken eigenes Vermögen, mit dem wenigstens ein Teil der Schulden gedeckt werden sollte, ferner eine Aufzählung seines Mobiliars, das sich in Paris in der »Junggesellenwohnung« im Faubourg Saint-Germain befand.

Der Großvikar stockte mitten im Vorlesen. Er erstickte schier ... Seine Stimme bebte vor Wut und auch vor Scham über einen solchen Stand der Dinge, der sich da plötzlich enthüllte.

»Welch ein Skandal!«, wagte einer der jüngsten Chorherren zu bemerken. Er löste dem allgemeinen Empfinden die Zunge.

Jetzt wurden auch die anderen kecker.

»Er hat uns hinters Licht geführt.«

»Er war ein Narr.«

»Ein Spitzbube.«

»Zwei Millionen Schulden?«

»Was sollen wir anfangen?«

»Bankerott! Ein Bistum in Bankerott!«, schrie es durcheinander.

Der Großvikar las weiter:

»In meiner Wohnung in Paris befinden sich einige Gegenstände, durch deren Verkauf sich die aktive Hinterlassenschaft noch vermehren läßt, nämlich: die seltenen Bücher meiner Bibliothek, erste Ausgaben von Bossuet, Racine, Ronsard, sowie meine Kunstgegenstande: ich habe zwei Zeichnungen von Latour, die ihre 30 000 Franken wert sind, und einen Delacroix, der ebensoviel bringen muß.«

Jetzt brach unter den Chorherren ein Entrüstungssturm los. »Ein Delacroix! Er kaufte also Gemälde und bezahlte die Maurer nicht! Also dafür sammelte er Almosen und raubte die Frommen aus«, schrie abermals alles durcheinander. Der Großvikar fuhr fort: »Ich habe zehn Pastoralringe, einige mit seltenen Steinen. Der Erlös hierfür, der in der Gesamtrechnung nicht aufgeführt zu werden braucht, wird die Ansprüche meines Verlegers decken, der meine gesammelten Werke veröffentlicht hat: zehn Bände Parlamentsreden, Verordnungen und Predigten.«

Wiederum ein Zornesausbruch der Chorherren, noch heftiger, als vorher. Wie der Schaum über die Wogen, lief ein Gelächter von Mund zu Mund.

»Seine gesammelten Werke!«

»Nicht ein Exemplar ist verkauft!«

»Und überall abgeschrieben.«

»Jawohl, von Lacordaire, von Bourdaloue … «

Der Groll, die lange gehegte Feindschaft brach offen aus. Der rote Wein des Ehrgeizes, den die Autorität des Bischofs so lange gepreßt hatte, war in Essig und Galle umgeschlagen und strömte nun aus übervollem Herzen. –

Ein Sumpf von Haß stagnierte; langes, verblüfftes Schweigen herrschte.

Dann fingen die Spottreden wieder an.

»Seine Ringe, um die Bücher zu bezahlen.«

»Zehn Ringe, wie ein Frauenzimmer.«

»Geschenke vielleicht ... «

»Wer weiß, was für ein Leben er in Paris geführt hat!«, bemerkte einer der ältesten Chorherren, der auf den Bischofstuhl gehofft hatte, als Monseigneur Prat ihn erhielt – o, durch welche Kabalen und schmählichen Kompromisse in den Vorzimmern der Pariser Ministerien! ...

»Eine Wohnung«, fuhr der rachsüchtige Chorherr fort. »Steigt ein frommer Bischof nicht in einem Kloster ab, oder bei einem Priester und zur Not in einem Gasthof, wo Geistliche abzusteigen pflegen? Aber eine Wohnung!«

»Eine Junggesellenwohnung«, zischelte der jüngste Chorherr.

»Jawohl, wie ein Lebemann.«

»Vielleicht hat er auch Damen empfangen.«

»Dahin also ist das Geld des Bistums gewandert!«

Eine Sturmflut von Ausrufen, Hohngelächtern, Flüchen und boshaften Witzen prallte gegen die Wände des Kapitelsaals, als wollte sie die Türen sprengen und den Monseigneur, der da nebenan im Prunksaale ruhte, hinwegschwemmen. Es war ein wahrer Höllenlärm. Der Großvikar winkte der tosenden Versammlung, innezuhalten. »Vorsicht!«, mahnte der ergraute Heuchler und erinnerte die Chorherren an die jungen Seminaristen nebenan, die sich von ihrem Bischof hatten blenden lassen und nun weinend an seiner Leiche die Wacht hielten.

***

Monseigneur Prat ward mit allem Pomp bestattet. Die ganze offizielle Welt war bei der Leichenfeier zugegen und pries die große politische und religiöse Erscheinung, den Bischof und Abgeordneten, der vor allem ein guter Patriot gewesen war. Das Volk weinte und drängte sich auf den Straßen, deren Laternen angezündet und mit Flor umhüllt waren, wie goldene Herzen oder vom Himmel herabgekommene lichte Vögel, die Trauer angelegt hatten. Eine tiefe Bewegung ergriff die Menge, als der Tote auf seinem hohen Paradebett vorbeigetragen wurde. Wie er da ruhte, gen Himmel blickend, von wo der Glockenklang kam! Ein regungsloses Antlitz, auf dem die Schönheit des Todes und mehr noch die Ruhe der Ewigkeit lag! ... Sein Antlitz, doch zu Marmor erstarrt! Rührung ergriff jeden, der dieses Antlitz sah, als der Tote vom Bischofspalast nach dem Dom gebracht ward. Denn so wollte es die alte Sitte, an der man in der Provinz zäh hängt. Die Totenmesse ward mit großem Pomp gefeiert. Die Orgel spannte ihren schwarzen Sammet aus; tausend Lichter flirrten an den totenbleichen Kerzen, und der Weihwedel besprengte die Andächtigen mit kalten Tropfen, wie mit zerstäubten Tränenschauern ...

Als die Menge den Dom verlassen hatte und die schweren Pforten mit den eisernen Riegeln sich schlossen, trugen die Meßner den Sarg des Bischofs neben das Paradebett, das während des Totenamts den Katafalk vertreten hatte. Und wie es Brauch war, erhoben sich die Chorherren, um Seine Eminenz in den Sarg zu betten.

Es war dies ihre letzte Pflicht, die ihnen niemand abnehmen konnte. Sie hoben den Leichnam auf und legten ihn in den Sarg, dann zogen sie die Kissen fort, auf denen er ruhte, um ihn wagerecht auszustrecken. Aber, o seltsames Schauspiel: Der Bischof blieb aufrecht sitzen. Der Körper war im Augenblick des Todes in sitzender Stellung gewesen und so erkaltet. Jetzt war er nicht wieder auszustrecken; dieser Winkel war nicht mehr gerade zu biegen, und der grausige

Zirkel, den er mit sich selbst bildete, ließ sich nicht mehr öffnen. Er blieb am Rande seines Sarges sitzen …

Man versuchte ihn zu strecken und zu legen: er leistete Widerstand. Die Chorherren blickten sich bald sprachlos, bald wütend an. Selbst im Tode schien er sie noch zum besten zu haben und zu reizen …

Da packte der jüngste Chorherr den Toten an der Brust und drückte ihn mit den Schulterblättern auf den Sargboden nieder, wie ein Sieger seinen bezwungenen Feind. Ein dumpfer Krach … Alle Chorherren griffen zu, streckten den Leichnam lang aus und legten ihn mit Püffen flach in den Bleisarg. Dann falteten sie die zusammengelegten Hände, der Großvikar warf, ohne sich zu bücken, den goldenen Krummstab hinterher, so daß er dem Toten ins Gesicht schlug, und zuletzt ließ man den Sargdeckel mit großem Gepolter niederfallen. Aber er schloß schlecht, denn Kopf und Körper der Leiche standen wegen ihrer langen sitzenden Haltung noch immer in die Höhe, und so mußten die Chorherren ihren Bischof schließlich mit vereinigten Kräften niederdrücken, indem sie sich einmütig und mit kaum verhehltem Lachen, wie im Gefühl einer befriedigten Rache, auf den Sarg setzten.

Die Gunst des Augenblicks

Seit sie Witwe geworden war, lebte sie in klösterlicher Abgeschiedenheit. Leichenblaß, wie sie war, schien sie sich zur ernsten Statue umzuformen, mit Augen, die ins Leere blickten, und unbeweglichen Gebärden, ganz wie ein Marmordenkmal auf einem Grabe.

Plötzlich und furchtbar war es hereingebrochen, das Ende ihres leidenschaftlich geliebten Gatten. Er hatte sich an einem Herbstmorgen in seinem Arbeitszimmer erschossen – mit einem Revolver, klein wie ein Spielzeug ...

Kein geräuschvolles Drama. Der Knall wurde nicht einmal gehört.

Als ihm gemeldet werden sollte, daß das Frühstück angerichtet sei, fand man ihn über den Tisch hingesunken, an dem er zu schreiben pflegte ... Nichts als eine kleine, schon aufgetrocknete Blutlache auf der weißen, noch unbeschriebenen Seite ... Ein zackiger, karmoisinroter Fleck ... Wie ein rotes Blatt von den herbstlich gefärbten Bäumen der Straße, das durch das Fenster hereingeflogen und dort hingefallen wäre ... Alles war verblüfft über diesen freiwilligen Tod in einem jungen, reichen Haushalt ohne Lebenssorgen, einer scheinbar glücklichen Ehe.

»Warum hatte er Hand an sich gelegt?«

Niemand konnte die seltsame Frage beantworten. Man stellte Mutmaßungen an und verbreitete Verleumdungen. Nur die Witwe wußte es; sie kannte den heroischen und unwahrscheinlichen Beweggrund. Wie oft hatte sie den geliebten Toten über seine literarischen Mißerfolge klagen hören und ihn darunter leiden sehen. Er hielt sich für verkannt, da das Erscheinen seines ersten Buches ihn nicht auf einen Schlag berühmt gemacht hatte. Wie oft hatte er gesagt: »Weil ich reich bin, behandelt man mich als Dilletanten!« Und bisweilen hatte er hinzugesetzt: »Nach meinem Tode wird man mir Gerechtigkeit widerfahren lassen!«

Deshalb hatte er seinem Leben ein Ende gemacht. Die Witwe fühlte es wohl. Er hatte seinem ungestümen Ruhmesdrang dieses Opfer gebracht – das Opfer des Lebens, des Wohlstandes, des Glücks und seiner Frau. Es war verbrecherisch, doch auch erhaben; nach den ersten traurigen Erfahrungen fühlte er nicht mehr den Mut in sich, seine anderen Bücher unter denselben Bedingungen zu veröffentlichen – dieses ganze Lebenswerk, eine stattliche Reihe von Manuskripten voll lyrischer Ergüsse und dichterischen Schwunges, der auf dem Papier prahlte ... Er würde ja doch zum zweiten Male verkannt, sein heißes Bemühen nicht gelohnt werden! Seine Werke waren schön und des Ruhmes wert. Aber der Ruhm wird nur den Toten zuteil. Er wählte also den Tod.

Die Witwe schloß sich in das unberührte Arbeitszimmer des heldenmütig Abgeschiedenen ein ... Der Priester hatte das Heiligtum verlassen, aber ein Gott war darin zurückgeblieben, der Gott, den er in der geweihten Hostie geschaffen hatte. Bleich war das Papier wie ungesäuertes Brot, und auch transsubstanziiert ... Die Witwe sichtete die heiligen Manuskripte und ordnete sie. Es waren Sachen aller Art: Romane, Essays über die Liebe, Gedanken über Philosophie, moralische und psychologische Studien, auch Dramen ... Ganze Tage verbrachte sie damit, sie zu entziffern und saubere, prächtige Abschriften anzufertigen ... Sie verließ das Haus nicht mehr ... Bleich wie ihr Toter, fuhr sie fort, mit ihm zu leben.

Seine Bilder häuften sich um sie: Photographien auf allen Möbeln, in jedem Alter, daneben ein Pastell in

Lebensgröße auf einer Staffelei, das seinen olivengrünen Teint, seinen weintraubenblauen Mund, seine wehmütigen Augen wiedergab, als ob er lebte, als ob er sprechen wollte und der treuen Lebensgefährtin danken, daß sie seinen nahen, unfehlbaren Ruhm vorbereitete.

Die Witwe geriet in Extase: »Ja, er war ein Genie!« Dann erfaßte sie Rührung und Stolz zugleich, und sie wiederholte sich als besten Trost: »Ja, ich bin die Witwe eines großen Mannes.« Sie entschloß sich, diese herrlichen, zahlreichen Werke schnell zu veröffentlichen. Der Schriftsteller hatte ihnen sein Leben geopfert. Er mußte sogleich den Lohn des Ruhmes erhalten, den er dort oben, jenseits des Lebens, mit betrübtem Antlitz und zitternden Händen erwartete. Die Witwe fragte also seine Freunde, gleichfalls Schriftsteller, um Rat, welches die beste Art der Veröffentlichung dieser nachgelassenen Meisterwerke sei. Sie las ihnen Stücke daraus vor, wartete auf ihr Lob und zwang sie zur Bewunderung. »Ist das nicht herrlich, erhaben?«

Aber niemals fand sie, daß man den gewünschten Maßstab anlegte. Nur ein alter Freund tat ihr Genüge, als sie ihm eines Abends ein Kapitel aus seinen philosophischen Fragmenten vorlas. »Er ist ein neuer Pascal!«, sagte er.

Die Witwe eines großen Mannes! Sie frohlockte, wollte alles zugleich herausgeben, am selben Tage, damit das Lebenswerk auf einmal in seinem ganzen blendenden Glanze erstrahlte … Ein Dom, der für Jahrhunderte gebaut war und dessen Gerüste alle an einem Tage fallen sollten! … Man riet ihr von diesem Vorhaben ab. Eine allmähliche Veröffentlichung, Band für Band, in regelmäßigen, weiten Zwischenräumen würde der vergeßlichen Menge unserer Zeit mehr imponieren … So geschah es denn, und ein erster Band der nachgelassenen Werke erschien unter demselben Schweigen und derselben einmütigen Gleichgültigkeit.

Die Witwe konnte nicht umhin, sich dem Leben wieder zuzuwenden. Sie war zu jung, um ein Engel des Todes zu bleiben, zu schön und reich, um die Wünsche nicht zu entflammen ... Bei Verwandten, in deren Haus sie allein noch verkehrte, um sich von ihren ermüdenden Abschriften und Korrekturen zu erholen, traf sie mehrmals auf einen Herrn von elegantem Äußeren, dessen beharrliche Blicke ihr Liebe, das Ende der Trauer und den Wiederbeginn aller Hoffnungen verkündeten ... Nach und nach verloren die Züge der Grabstatue etwas von ihrer Unbeweglichkeit.

Wenn er sie anblickte, war es der Witwe, als trüge sie plötzlich eine rote Rose an ihren ewig gleichen schwarzen Kreppkleidern. Sie fühlte sich verwirrt und belästigt, wie durch etwas Unpassendes, aber es durchrieselte sie auch wie der Schauer eines nahen Lenzes. Des Morgens überraschte sie sich bei holden Träumen. Sie nahm sich mehr Zeit zur Toilette und versuchte sich anders zu frisieren, denn sie war ihrer gewöhnlichen strengen Haartracht etwas müde ... Und immerzu das Gefühl der roten Rose, wenn sie ihr Trauerkleid anzog, der wieder erblühenden, stets mehr sich entfaltenden roten Rose ...

Und sie träumte von der Begegnung am letzten Tage bei den Verwandten, wo sie ihre Abende zubrachte ... Kein Zweifel, dieser Mann erklärte sich ihr durch tausend unzweifelhafte, wenn auch unausdrückbare Nuancen!

Aber es war ja nicht möglich, sie hatte am Gedächtnis und am Ruhme ihres teuren Toten zu arbeiten und darüber zu wachen. Es bedurfte einer langen eifrigen Arbeit, für die ihr ganzes Leben kaum hinreichen würde. Sie kehrte also wieder in das Arbeitszimmer zurück und schloß sich darin ein, ehrte die Bilder, entzifferte die Manuskripte, fuhr fort, die endlosen Papiere zu sichten, und bestellte schön geschriebene Kopien. Trotzdem wurde sie fortan durch allerhand abgelenkt ... Ihre Hand wurde eher müde ...

Ihre Blicke wurden wie magnetisch zum Fenster gezogen, nach den frisch ergrünenden Bäumen der Straße. Sie sank wieder in Träumereien, erinnerte sich der Unterhaltungen und Begegnungen und dachte an diesen Mann, der ihre Lebenspfade gekreuzt hatte und sie zur Untreue an ihrem Kult verleiten wollte ...

Dann stürzte sie sich wieder über ihre Arbeit, griff zur Feder und schrieb, hielt abermals inne und begann die abgeschriebene Seite laut zu lesen: »Halt, das hier ist nicht so gut!« Der Inhalt enttäuschte sie jetzt. Die Gedanken kamen ihr banal vor, die Worte farblos ... Ein Schleier verdunkelte das Genie. Der Geist der Witwe wurde allmählich von Zweifeln erfüllt ...

Zugleich wuchs ihre Verwirrung und Unruhe dem Herrn gegenüber, den sie bei ihren Verwandten traf. Sie sah ihn jetzt öfter und in vertrauterem Verkehr. Eines Tages schlugen seine stummen Huldigungen in glühende Geständnisse und bewegte Bitten um.

»Sie sind zu jung und schön, um immer mit dem Tode zu leben!«

Die Witwe verlobte sich.

Nur ein Bedenken trübte ihre jetzige Freude, der Liebe und dem Leben wiedergegeben zu sein. Was sollte aus all den Manuskripten werden? Mit dem Augenblicke, wo sie wieder heiratete, war es nicht mehr passend, ja unzart, dem zweiten Gatten gegenüber ungebührlich, sich mit dem ersten zu beschäftigen und berühmt zu machen. Besonders wo sie ihren Namen wechselte, hatte sie keinen rechten Grund mehr, sich für ihn zu interessieren, ja, nicht einmal das Recht. Wenn er noch wirklich ein Genie gewesen wäre! Aber sie begann einzusehen, daß sie sich durch ein Trugbild hatte irreführen lassen, durch ihren Schmerz und ihren guten Glauben. Sie hatte das Blut kritiklos als Beweis, den Selbstmord als Unterpfand genommen, daß diese nachgelassenen Werke unsterblich waren. Aber der arme Tote hatte sich ohne Zweifel in seinen einsamen Stolz hineingeredet. Auch sie hatte in der Folge ein gleiches getan. Sie hatte durch das Prisma der Tränen gelesen und sich so verlesen. Jetzt kam der Text selbst zum Vorschein. Er war recht mittelmäßig im ganzen ...

Und weil sie ihren zweiten Gatten nicht demütigen durfte, indem sie das, was ihr der erste hinterließ, zu hoch einschätzte, so nahm sie eines Abends unbedenklich ein ganzes Bündel Manuskripte und warf es in die Seine, wie eine kleine Kinderleiche, etwas Totes, das nicht lebensfähig war ...

Nach der Hochzeit widmete sie sich den Erfolgen ihres Gatten. Er war ein Gelehrter, ein weitschweifiger Vielschreiber, Mitarbeiter ernster Zeitschriften, der über alles Mögliche schrieb, Geschichte, Moral und politische Wissenschaften. Seine Frau war der Ansicht, daß er ins Institut kommen müßte. Und alle beide machten sich an die Ausführung dieses Planes; sie gaben nützliche Diners, luden einflußreiche Akademiker ein, besuchten die offiziellen Salons.

Welche Fülle von Geschäften! Ein organisierter Wirbelwind! Die Witwe vervielfältigte sich, ersann Schachzüge und Kombinationen. Dazu unaufhörliche Besuche, die als Sprossen zur Leiter dienten.

Trotzdem hatte sie in diesem vielbeschäftigten Leben doch Augenblicke, wo sie Gewissensbisse empfand. Sie grollte mit sich selbst, daß sie die Manuskripte zerstört hatte. Wenn es nun doch Meisterwerke waren? Diese Gedanken kamen ihr namentlich an Tagen, wo sie in ihren ehrgeizigen Plänen einen Mißerfolg gehabt hatte, irgend eine Enttäuschung ihrer Hoffnungen auf die so heiß ersehnte Aufnahme ins Institut.

Die Schuld lag ein wenig an ihrem Gatten. Sie tat alles, was sie konnte. Aber er wußte sich so wenig zu helfen. Mit dem andern wäre es viel leichter gegangen ... Er hätte sich schon durchgesetzt! Denn im Grunde war er vielleicht doch ein Genie! Die Gewissensbisse, seine Manuskripte vernichtet zu haben, nahmen immer mehr zu und wurden schließlich unerträglich. Es war ein Verbrechen, das sie in diesem Falle begangen hatte. Ein Verbrechen gegen den Toten, der sein Leben dem Ruhme geopfert hatte, ein Verbrechen auch gegen die Gesellschaft, die des Schönen bedarf wie des täglichen Brotes!

Schließlich hielt sie es nicht mehr aus; sie wollte um jeden Preis Bescheid wissen, ihre Befürchtungen und die nagende Reue beschwichtigen. Sie hatte in ihrem Schreibtisch einige Blätter des Toten aufbewahrt, persönlichere Aufzeichnungen über die Liebe, die, wie sie sich damals eingebildet hatte, von ihr inspiriert waren. Eines Abends faßte sie den Entschluß, ihren Gatten um Rat zu fragen. Er sollte Richter sein; er würde sie, wenn er ihre Ansicht teilte, von ihrem ihm unbekannten Fehltritt freisprechen, über den sie sich ohne Zweifel allzusehr beunruhigte. Sie nahm also die Blätter zur Hand und sagte leichthin:

»Weißt du, er hat auch ... geschrieben ... Ich habe neulich ein paar Blätter wiedergefunden.« –

»Ach!« –

»Soll ich sie dir vorlesen? Wenn es dich nicht langweilt ...«

Und sie las sie ihm wirklich vor. Aber ungewollt und wahrscheinlich unbewußt vereitelte sie alle Wirkungen des Schriftstellers und trieb mit dem Text ein falsches Spiel. Sie betonte die Fehler, las die besten Seiten zu schnell herunter, unterdrückte die wirklichen Schönheiten und hastete dem Ende zu in eintönigem Wortschwall, in dem die Worte dahin jagten wie eine aufgescheuchte Herde im Zwielicht. Trotzdem glaubte sie, ihr Bestes zu tun, und heuchelte eine aufrichtige Rührung, der sie schließlich selbst unterlag. Zuletzt sagte sie: »Nicht wahr? das ist frankweg schlecht?« –

»O ja!«

Von nun an lebte die Witwe beruhigt und befreit von allen Skrupeln und Zweifeln; sie war glücklich über ihr neues Los und stolz auf ihren zweiten Gatten, dem sie alle Ehren erreichen half. Vor allem aber war sie zufrieden, daß sie den anderen los war, von dem sie sich jetzt sagte: »Er hätte es doch nie zu etwas gebracht.«

Die geliebten Augen

Therese hatte vom Fleck weg ein Herz gefaßt für den lusti-
gen und kräftigen Matrosen Jan. Es war an einem Sonntag
nachmittag, als sie ziellos am Hafen der altertümlichen
Stadt einherschlenderte. Sie folgte den Uferkais, den
Innenhäfen, den Landeplätzen ... Sie lachte sich selbst an
in den kupfernen Beschlägen der Schiffsgallionen. Sie verglich die rostbraune Farbe der Segel mit dem ähnlichen Rot
der alten Ziegel auf den Dächern. Therese war glücklich. In
ihrem kindlichen Gemüt träumte sie bereits von Abreise
und langer Fahrt, von Inseln mit fabelhaften Papageien und
unbekannten Früchten. Das war die Folge ihrer Lektüre
von Reisegeschichten, Schiffbrüchen und Seeabenteuern.
Der bloße Anblick von Schiffen bot ihr die Möglichkeit zu
langen Träumereien. Ihr dünkte, als ob ihr Geschick wie
Christus über das Meer schritt, weit, weit fort ...

An diesem Tage war sie vor einem großen, weißbordigen
Dampfer mit vielem Takelwerk neugierig stehen geblieben. Die Bemannung verließ es gerade auf einem Steg und
betrat das Ufer. Einer der Matrosen blickte Therese an, verlangsamte den Schritt, kam näher, lavierte hin und her und
umkreiste sie, wie die Albatrosse das Segelwerk ... Therese
errötete. Der Matrose faßte sich ein Herz.

»Möchten Sie wohl mit uns reisen?«

»Reisen?« Er sollte also noch einmal reisen? Unbewußt
hallte dieses Wort in ihren Ohren wieder, es tat ihr sofort
weh ... Denn sie liebte Jan vom ersten Augenblick an, wo
sie ihn sah. Er hatte das Gesicht all ihrer Träume, ach, wie
vieler! Sie empfand sogleich eine große stille Freude, eine

plötzliche Beruhigung, als ob der, den sie schon lange suchte, gekommen wäre. Er schien freilich allzu lustig und so anders als sie! Aber sie sah nichts, weder seine sinnlichen Lippen in seinem Seegrasbart, noch seine Satyrohren mit den feinen Goldringen – nichts als seine Augen, seine großen sehnsüchtigen Augen in dem ausgelassenen Gesicht. Eine Anomalie, die bei Seeleuten häufig ist. Ihre Augen sind nicht mehr ihr eigen. Sie sind getreue Spiegel der Länder, die sie berührt haben. Augen! Spiegel! Sie leben vom Widerschein. Therese sah an ihm vornehmlich seine schönen, weiten Augen. Sie liebte ihn ob dieser Augen. Sie glichen den Geschichten, die ihre kindliche Phantasie begeisterten.

»Ich lese in deinen Augen«, sagte sie ihm bisweilen traumverloren mit der Miene einer Schlafwandlerin. Aber Jan verstand sie nicht.

»So, nun sehe ich sie noch näher.« Und er benutzte die Gelegenheit, um ihrem Gesicht naher zu kommen und seinen glühenden Mund auf Thereses empfindsame Lippen zu pressen. Sie wich zurück und wehrte sich. Sie wollte nichts als seine Augen. Sie begann stets von neuem darin zu reisen. Sie waren endloses Wasser, Inseln, Papageien, namenlose Früchte … Therese liebte Jan mit unendlicher, verzückter Liebe. Welch ein Lichtblick in ihrem grauen, eintönigen Waisenleben, allein mit ihrer Großmutter, die sie erzog, dort in dem spitzen Giebelhäuschen neben der Kathedrale. Ach, stets den Schatten, die schwere Last des Turms auf ihrer Seele! … Jetzt hatte sie die Einbildung, als wäre sie auf einem Schiff, als lebte sie ein luftiges, sonniges, bewegtes Leben … Und wenn sie mit ihm spazieren ging, war es ihr auch zumute, wie auf einer Seefahrt, schon wegen Jans Matrosenschritt, der auch schwankte. Die kurze Frist und das unerbittliche Schicksal verdoppelten ihre Liebe. Therese hatte gehofft, sofort zu heiraten.

»Unmöglich«, hatte er gesagt. »Ich bin noch für ein halbes Jahr an Bord meines Schiffes verdungen.«

»Geh nicht fort.«

»Ich habe unterschrieben.«

»Und wenn du untergehst?«, stöhnte Therese und gedachte ihrer Lektüre von Robinson, den Holzflößen, den verlassenen Küsten, den Winternächten am Pol …

»Nein! Ich werde ein schönes Sümmchen verdienen, außerdem will ich da unten etwas Handel treiben weit fort, in den Kolonien. Dann haben wir, wenn ich zurückkomme, einen netten Heiratsgroschen.«

Therese hörte zu, gab nach, glaubte, wiegte sich in seiner Stimme und erblickte in seinen Augen schon die Küste, wo er landen würde …

Der Mai kam und die Frühlingsabende waren von unvergeßlichem Zauber. Der Matrose ging erst um Mittsommer in See. Therese und Jan betrachteten sich als Verlobte. Nach den sechs Monaten, wo er noch aufs Schiff mußte, wollten sie heiraten. Inzwischen trafen sie sich täglich. Therese war gezwungen, ihre Großmutter zu belügen; sie sagte ihr, daß sie zum Abendsegen in die Kathedrale ginge, zum Segen des Marienmondes in diesem holden Mai. Um ihr weiteres Ausbleiben zu decken, hatte sie sich mit ihrer Nachbarin Gudula zusammengetan, die gerade mit Jans Eltern verwandt war, und jedesmal, wenn sie zu spät heimkehrte, sagte sie, daß sie sich bei ihr verspätet hätte … Die vertrauensselige Großmutter ahnte auf diese Weise nichts. Und das Liebespaar ging spazieren …

Laue Abende! Holdes Tändeln am Hafen … Und der Mond, der durch das Takelwerk schien! Jan sprach; er erzählte von weiten Reisen, von Unwettern und Landungen, vom Anlaufen berühmter Städte oder jungfräulicher Inseln. Therese blickte ihm in die Augen, als ob sie seine Erzählung illustrierten … Sie erblickte darin farbige Bilder von Städten, Küsten und Himmeln, eine ganze wechselnde Erdbeschreibung. Dann hob sie ihr Gesicht zu dem seinen empor, umarmte ihn, küßte ihm die Augen, schien sie auszutrinken und unbekannte, plötzlich gereifte Früchte darin zu essen … Und Jan küßte ihren Mund … Dann setzten sie ihren Spaziergang langsamen Schrittes fort … Und in der zunehmenden Dunkelheit wurde Jan kecker, schob Thereses empfindsame Lippen lüstern auseinander, umarmte sie ganz und preßte ihren zarten Leib an seinen Riesenkörper. O, wie mager war sie. Und die beiden kleinen Aprikosen ihrer Brüste an dem Spalier dieser Magerkeit! Jans Begierde nahm zu, da er sie so zart fand. Er wurde zudringlich, er forderte.

»Wir lieben uns ja doch!«

»Warten wir bis dahin.«

»Warum? Du bist doch schon mein Weib … Wer wird's erfahren?«

»Gott.«

Aber Jan wußte ihr ihre Bedenken auszureden. Ja! sie hatte ganz recht. Aber wenn nun Gott selbst ja sagte?

Er konnte nicht gleich heiraten, denn er hatte seinen Kontrakt und mußte diese letzte Reise machen, die ja auch ihrem neuen Haushalt zugute kommen würde. Aber man kann sich schon vor Gott verheiraten. Sie würden mehr einander angehören und unzertrennlich verbunden sein. Sie würden sich während der Trennung mehr lieben … Und er würde gefeit sein gegen Schiffbruch und alles Unglück … Würde Gott zugeben, daß sie Witwe würde?

Diese Logik machte Therese wankend … Jan hatte alles gut gefingert. Eines Abends gingen sie wirklich zum Abendsegen des Marienmondes in die Kathedrale … Die Orgel rauschte und schäumte wie ein Meer um sie … Therese sah sich auf den blauen Wogen … Jan hatte seinen Sonntagsstaat angelegt. Es war eine wahre Hochzeit. Sie beteten zusammen. Im geeigneten Augenblick ergriff Jan ihre Hand und ließ im Halbdunkel der Apsis einen Trauring auf ihren Finger gleiten …

Dann führte er sie in ein Gasthaus wie am Hochzeitsabend, wie auf der Hochzeitsreise. Es war Therese, als ob sie nun wirklich verheiratet seien. Hatten sie sich nicht vor Gott Treue gelobt? In sechs Monaten würden sie das heutige Gelübde nur bestätigen. Sie hatten es schon abgelegt, um sich während der Trennung mehr zu lieben … Sie gaben sich einander hin, damit keiner von ihnen in der Abwesenheit allein war … Und so vergaß Therese sich.

Jans Augen funkelten und vertieften sich mehr denn je. O Alkoven voller Spiegel! Ihr war, als ob sie sich ihm hierin zu eigen gab.

Jan war abgereist und heimgekehrt. Jahre gingen dahin. Er hatte Therese nicht wiedergesehen. Ein einziges Mal begegnete er ihr, aber er schien sie nicht zu erkennen und ging schnell vorüber. Und sie, sie lebte wie eine Witwe, die ihren Gatten kaum gekannt hat, ganz wie sie als Waise ihre Eltern kaum gekannt hatte. Liegt nicht in manchen Schicksalen eine gewisse Logik? Sie fuhr fort, hochauf zu schießen und als Magd des Alters mit ihrer Großmutter zu leben, in dem Häuschen neben der Kathedrale, stets mit dem Schatten des Turms auf ihrer Seele. Trotzdem hoffte sie noch wider alles Hoffen. Jan hatte ein gutes Herz. Wenn er es satt wäre, die Mädchen und Kneipen zu besuchen, würde er in sich gehen und vielleicht zu ihr zurückkommen … War er nicht vor Gott ihr Mann? Sie hörte nicht auf, ihn zu lieben, seine Augen zu lieben. Unaufhörlich reiste sie in diesen Augen, die durch sein Fernsein noch größer wurden … Sie ging weit fort in seinen Augen, weit hinter den Blickkreis ihres Horizontes!

Eines Tages war alles aus. Das Warten hatte ein Ende. Gudula, die Nachbarstochter und gefällige Freundin bei den damaligen Stelldicheins, die mit der Familie des Matrosen in Verkehr geblieben war, brachte ihr eine furchtbare Kunde.

»Jan ist ertrunken.«

»O mein Gott!«

»Sie haben ihn aus einem der Hafenbecken aufgefischt. Er ist wohl in der Trunkenheit hineingefallen ...«

Im Nu stürzte Therese heraus ... Sie wollte ihn wiedersehen, ihn aufwecken. War sie nicht sein Weib? O der Unglückliche! Der liebste Freund. Gudula lief ihr nach und suchte ihr abzureden. Was würden Jans Eltern dazu sagen? Aber Therese hörte nicht, sie lief und stürzte hinein ... Der Tote lag in einem kleinen Stübchen auf einem niedrigen Bett. Neben ihm brannten zwei Kerzen, deren rosiger Schein seinem Gesicht bisweilen ein trügerisches Leben verlieh.

Er war nicht sehr verändert ... Therese blickte sofort nach seinen Augen. Sie waren nicht geschlossen. Sie starrten weit geöffnet in die Ferne, weit über das Leben hinaus. Warum hatte man sie ihm nicht geschlossen? Sie fragte entsetzt und beklommen ...

»Sie ließen sich nicht schließen«, gab man zur Antwort. »Die Lider haben sich jedesmal wieder geöffnet. Er war schon zu lange tot. Er hat einen ganzen Tag im Wasser gelegen.« ...

Therese war herangetreten, um das Totenantlitz zu küssen, mit ihm zu sprechen, ihm zu verzeihen ... Wie sie sich so niederbeugte, kam sie den weit geöffneten Augen ganz nahe ... Plötzlich stieß sie einen furchtbaren Schrei aus. »O, ich sehe mich darin! Ich bin in seinen Augen!« Gudula, Jans Eltern, die anwesenden Freunde umringten sie. Man glaubte, sie wäre wahnsinnig. Jeder glaubte, es wäre eine von den guten Freundinnen des armen Jan, für den diese Strafe doch zu hart war. »Wegen mir kann er die

Augen nicht mehr schließen. Ich habe seine Augen zu sehr geliebt. Ich bin noch in seinen Augen.«

Gudula beugte sich über das Bett und prüfte die toten Augäpfel, die klaffend und leer aussahen.

»Ei nicht doch, du bist toll! Es ist nichts in seinen Augen. Du siehst dich darin, weil du dich darin spiegelst, nicht anders wie bei Lebenden.«

»Doch, doch«, wehrte Therese schwärmerisch ab. »Ich bin für immer in seinen Augen, das ist, weil er im Augenblick des Todes an mich gedacht hat. Ich wußte wohl, er hat mich nicht ganz vergessen. Mein Bild war durch zu viele Himmelsstriche ausgelöscht, durch goldene Inseln, unbekannte Vögel und so viele Frauen mit farbiger Haut ... Aber in der letzten Minute bin ich ihm wieder erschienen ... Ich bin aus alledem emporgetaucht ... Ich war nicht mehr in seinem Herzen, aber in seinen Augen blieb ich ... Und ich bin wieder an die Oberfläche gekommen ...«

Und sie beugte sich abermals ganz dicht über das Totenantlitz mit den offenen Augen.

»Ja, ja, ich bin darin, ich bin es!«

Und wieder beugte sie sich über die Leiche, hielt ihr Gesicht ganz über das seine, blickte in seine Augen und verriet eine düstere Freude, sich noch darin zu sehen und sich selber zu betrachten, als wäre sie auch tot und ertrunken in diesen Augen voller Unendlichkeit, in die alles Wasser übergegangen war ...

Das Ideal

Montaldo liebte es, den September in Paris zu verbringen, weil die Stadt dann etwas entvölkert ist. Als reicher, beschäftigungsloser Misanthrop, der er war, konnte er einer Dilettantenlaune von ganz besonderer Art zu dieser Jahreszeit am besten frönhen. Es war dies das Flanieren, das er als eine Kunst betrieb, und zwar als eine sehr feine Kunst, wie er meinte, eine verwickelte und schwierige Kunst, die ihre Wonnen, Schrecken und unverhofften Funde hatte.

Es hat seinen eigenen Reiz, die Vorübergehenden zu erraten, diesem Meer, diesem Wald von Passanten, die allein das wirkliche Meer, den wirklichen Wald ersetzen können und einem das Leben in den großen Städten überhaupt erträglich machen, sein Geheimnis abzulauschen. Es bereitete ihm also Vergnügen, auf seinen Spaziergängen die Gesichter zu mustern, in das Wasser der Augen hinabzutauchen und die Seelen zu erforschen. Es gibt so viele innere Dramen und Daseinsmysterien, so viele Gedanken, die nie Form annehmen werden und in die man sich heimlich mit der Dämmerung einschleicht, denn das Ende des Tages ist diesen kleinen geistigen Entdeckungen ebenso günstig, wie das Ende des Sommers.

Es bedarf tatsächlich einer gewissen Ebbe im Straßenverkehr, einer Ordnung im Wirrwar, einer Dosis Schweigen, damit man das Unverhoffte unter all den Eindrücken und Begegnungen überhaupt herauserkennt. Und darum pflegte Montaldo seine Spaziergänge stets zur Abendstunde zu machen, jetzt, in dieser Septemberzeit, wo ganz

Paris auf dem Lande ist und die Stadt ihm doppelt lieb war. Er streifte durch die Avenuen, an den Quais entlang, über die Champs-Elysées, die jetzt nicht so sehr von Wagengerassel dröhnten und von den Ammen mit ihren schreienden Bandschleifen etwas weniger unsicher gemacht wurden. Ringsum edel gerundete Baumkronen, herbstlich gesprenkelte Blumenbeete und einzelne große Bäume, die sich bunt zu färben begannen. Und ziemliche Ruhe: wenig Kinder, ein paar Greise auf den Bänken, träumerische Frauengestalten, die wie Witwen aussahen, kurz alles, was sich nach diesen Inseln der Natur rettet, die hier und da aus dem Häusermeer auftauchen und wunde Seelen, denen der Lärm wehe tut, gastlich einladen.

Montaldo streifte planlos herum.

Plötzlich erblickte er vor sich eine Frau, die ihm vielleicht nicht aufgefallen wäre, wenn nicht etwas an ihr seine Aufmerksamkeit jählings auf sich gelenkt hätte. Aber ist es nicht immer eine Einzelheit, eine Schattierung, ein eigenes Merkmal, ein bestimmter Tonfall, kurzum, etwas Besonderes, dessentwegen einem eine Frau auffällt und sogar lieb wird? Diesmal war es das Haar dieser Unbekannten, das ihm ganz außerordentlich auffiel; es war rot, aber ein Rot ohnegleichen, das noch nie dagewesen und unwahrscheinlich wie ein Wunder, ein Rot, wie aus allen heroischen Farben gemischt, aus der Farbe des Löwenfells und des herbstlichen Rotbrauns der Wälder, aus brandigen Ähren, in die sich alle Glut der Sonne verwandelt hat, und dem Kupferrot der Schüssel, in der das Haupt des Täufers seit Jahrhunderten blutet … Neben diesem Brandrot verblaßten die Haare auf den Bildern der alten Meister, die goldroten Flechten der Evas von van Eyck und der Venusse Tizians, die in ruhigen Fluten herabquellen. Und wieviel mehr noch die gewöhnlichen roten Haare der Passantinnen, die künstlich gefärbten!

Wie es sich um ihre Schläfen wand, so üppig und schwer, ein wildes Gesträhn, zum Schlangenknäuel geringelt!

Montaldo stand zunächst wie geblendet und bewunderte das Phänomen. Als seine Neugierde auf die Frau selbst überging, bemerkte er mit peinlicher Empfindung, daß sie höchst armselig gekleidet war. Das Haar war wie ein Feuerbrand! Und darunter ein klägliches Flickwerk von Kleidung, so traurig, wie ein namenloses Grab. Ihr dunkler Rock war verschlissen und ausgeblaßt. Er sprach vom Leiden der verschämten Armut, das am meisten schmerzt und am unheilbarsten ist, dieses Leiden, das mit der Nadel Stich für Stich kämpft, in den Einsätzen siegt und schadhafte Stellen mit Falten und Nähten verdeckt. Dazu klägliche, ausgetretene Schuhe, die im Gehen unter dem Rock klappten, aber nur bis an den Kleidsaum hervorsahen, als schämten sie sich, sich zu zeigen, und suchten sich stets wieder unter diese Glocke zu verkriechen. Das Trübseligste aber war der Hut über dem königlichen Haar, ein kleiner schwarzer Hut, mit verblichenen Rosen garniert, wie ein altes Nest, das ein empfindsamer Vogel in früheren Tagen mit Blumen geschmückt hat, und nun ist es lange verregnet.

Er mußte gleichwohl ins einzelne gehen und analysieren, um dies Elend definitiv festzustellen. Im ganzen genommen hatte sie durch sinnreiches Zusammenstoppeln und eine unermüdliche Geduld, die man wohl erriet, noch einen Schein von Würde und Anständigkeit gewahrt, zumal ein Hauch von Feinheit sie umschwebte und ihre traurige Kleidung verklärte. Übrigens trug sie sogar Handschuhe, die, wer weiß wie oft, mit Benzin gereinigt waren.

Montaldo empfand sofort das lebhafteste Interesse. Seine Streifereien hatten ihn heute einem edlen Wilde auf die Spur gebracht. Das Problem schien verwickelt. Er folgte ihr bereits, die Fäden verknüpfend und die Anzeichen vergleichend, um den Roman dieses Daseins zu rekonstruieren. Vielleicht war es ein unglückliches junges Mädchen, eine Waise, die den Schlägen des Geschickes Trotz bot und gegen unverhoffte Verelendung anrang. Er sah sie in ewiger Trauer und Keuschheit ... Sie war noch jung, um die Mitte der Zwanziger, und von einem Reiz, den nicht nur ihr prachtvolles Haar und ihre Melancholie ausmachte. Sie besaß jenen einzigschönen Teint der Rothaarigen, der weniger an Haut als an das Mark des Schilfes gemahnt und an frischen Honig. Unter dieser zarten Haut schimmerten die Adern hindurch, ein blaues, verknotetes Netz. Sie blickte geradeaus, weit vor sich hin, über Raum und Leben fort, konnte man meinen.

So reizend sie war, mußte sie doch anständig geblieben sein, denn sie war ja arm! Welches Verdienst bei solcher Armut! Man erriet auch, daß sie Arbeit gesucht hatte, allerdings – und das war ihr natürliches Recht – in der Richtung ihrer Anlagen. Offenbar hatte sie nirgends Beschäftigung gefunden, wenigstens nicht soviel, um etwas besser zu leben und sich anders zu kleiden, als in die traurigen Überreste vergangener Jahre ...

Und jetzt streifte sie planlos und unbeschäftigt herum, in den blauen Septemberabend hinein, der in ihren großen Augen verlosch. Montaldo war unaufhörlich ihrer Spur gefolgt, wie magnetisch angezogen. Er empfand auch heute wieder die Angst und Unruhe des Jägers, der ein Wild verfolgt; auch er hatte es ja auf nichts weiter angelegt, als ein Leben zu erhaschen, ein Mysterium zu töten. Sie taten ihm leid, diese Schürzenritter, die ein weibliches Wesen, das ihnen gefällt, gleich bei der ersten Begegnung anreden. Er sprach nie eine an, er folgte ihr nur, damit sie sein Traum bliebe, seine vor ihm herwandelnde Sehnsucht.

Das Flanieren blieb für ihn also ein ungefährlicher Sport. Statt wie die anderen zu leben, begnügte er sich mit der stillen Freude, ihr Leben zu träumen. Er war ein Theoretiker ... Das Rätsel zog ihn an. Er trieb Psychologie mit äußeren Anzeichen, wie wenn man mit ausgegrabenen Münzen Geschichte treiben würde.

Auch befleißigte er sich bei seinen platonischen Verfolgungen der größtmöglichen Zurückhaltung. Aber so wenig aufdringlich und dichtauf er auch war, die Rothaarige hatte ihn doch schnell bemerkt. Jede anständige Frau, die verfolgt wird, merkt dies auf der Stelle; es ist ein Gefühl der Kälte, wie wenn man plötzlich in den Schatten eines Turmes tritt. Sie war verwirrt und blickte drein wie ein guter Hund, dem man etwas tun will.

Doch Montaldo wußte nicht, daß er ihr lästig sein mußte. Gewohnt, sein Umherschlendern mit solchen kurzen Romanen, Nachforschungen und Monographien der Passanten zu würzen, blieb er auf ihrer Fährte, nur mit etwas größerem Abstand. Überdies geht man einer Frau, die man einmal verfolgt, ja bald mit mechanischer Beharrlichkeit nach, wie durch ein Fluidum, eine Art Hypnotismus angezogen. Man muß sich schon sehr zusammennehmen, auch wenn man keine galanten Absichten hat, um Halt zu machen, zu verzichten und einen anderen Weg einzuschlagen. Nachher ist es einem dann stets, als hätte man die Gelegenheit zu einem großen Glück nicht wahrgenommen ...

Montaldo folgte dieser seltsamen Frauengestalt lange nach. Sie war in die geräuschvollen Boulevards eingebogen und tauchte am Ende von Geschäftsstraßen für Augenblicke in der Ferne auf. Bald verlor sie sich in der Dunkelheit des hereinbrechenden Abends, tauchte dann plötzlich ganz deutlich im Lichtscheine der Läden auf, deren Gaslampen angezündet wurden; manchmal auch schien sie umzudrehen und ihm entgegenzukommen, aber es war nur ihr heller Widerschein in einer erleuchteten Spiegelscheibe ...

Endlich bog sie in eine weniger belebte Straße ein. Montaldo beschleunigte seine Schritte, denn er fürchtete, sie in dem Gewirr dieser engen Gäßchen zu verlieren. Sie war indessen stehen geblieben und schien sehr verwundert, daß er ihr immer noch folgte. Sie wartete am Rande des Fahrdammes und machte einige Schritte auf und ab. Halt! Hatte er sich vielleicht getäuscht? Hatte sie ein Stelldichein in dieser Straße? Sie war also doch nicht tugendhaft? Es sah wirklich aus, als ob sie auf jemanden wartete. Dann war es wohl eine wirkliche Liebschaft ohne Selbstsucht, denn sie war ja so arm? Er lächelte skeptisch und war nahe daran, das Bild der keuschen, armen und stolzen Heldin, das er sich im tiefsten Herzen schon von ihr machte, flugs wegzulöschen. Er ärgerte sich über seine sentimentale Eselei. Der schlimmste Verdacht stieg in ihm auf. Er ging gleich ins Extrem und glaubte nur noch das Niedrigste und Schlechteste. Plötzlich schien sie einen Entschluß zu fassen; sie ging über die Straße und trat mit einer Miene, als wollte sie sich ins Wasser stürzen, in einen gegenüberliegenden Laden ein, auf dessen Scheiben in goldenen Lettern die Aufschrift »Haargeschäft« glänzte.

Montaldos Neugier wuchs von neuem. Der Fall, der so einfach schien, wurde kompliziert. Die Unbekannte war also nicht so arm, denn sie ging in einen Kaufladen. Was wollte sie kaufen? Vielleicht eine der Parfümflaschen, deren bunte Etiketten hinter der Scheibe prangten? Vielleicht um dem, auf den sie wartete, durch ein paar Tropfen Parfüm die Illusion des Wohlstandes zu geben? Die Liebe hat solche genialen und zarten Einfälle. Oder hatte sie vergessen, sich ein Kämmchen einzustecken? Jawohl, sie kaufte sich gerade eines, den unentbehrlichen Begleiter beim Stelldichein, um die dicken Haarflechten, wenn sie zerzaust sind, wieder zu glätten ... Er zögerte noch in seiner Diagnose, als er sie schon herauskommen sah. Da sie ihn noch immer auf der Straße stehen und auf sich warten sah, warf sie ihm einen Blick zu, aber so voll Kummer, so verzweifelt und zugleich so flehend. Eine stumme Verständigung trat zwischen ihnen ein. Er begriff, daß sie eine neue Enttäuschung erlitten, eine Unglücksbotschaft mehr erhalten hätte und um eine große Hoffnung gebracht wäre, und daß es folglich unnütz, ja, grausam war, ihr weiter zu folgen. Er ließ sie also allein gehen und sah sie plötzlich wie zusammengesunken in einer der nächsten Straßen verschwinden. Sie wäre ihm jetzt noch armseliger erschienen, wenn ihr prachtvolles Haar nicht noch in der Ferne weitergeflammt hätte, wie ein Wappenschild auf einem Katafalk.

O Reiz aller Mysterien! Wer wird am Rande eines Geheimnisses stehen bleiben? Montaldo wollte um jeden Preis Bescheid wissen. Und da es ausgeschlossen war, sie zu verfolgen und sie in ihrem wortlosen Kummer anzusprechen, kam er auf den Gedanken, sich an den Friseur zu wenden, aus dessen Laden sie soeben gekommen war. Das Wie war nicht schwer: einen kleinen Toilettengegenstand zu kaufen und dann mit ein paar Worten auf sie überzugehen. Das Thema bot das Schaufenster selbst. Es strotzte förmlich von Haarfrisuren aller Art, die Schild und Spezialität des Ladens erklärten. Auf kleinen Zetteln von Goldpapier prangten pomphafte Aufschriften: »Zöpfe erster Qualität«; »falsche Haare in allen Farben«; »Frisuren«; »perfekte und unsichtbare Perücken«. Haare von allen Farben und Formen füllten die Glaskästen, Flechten, Zöpfe, Locken und offene Haare, die einen flachsig, hart und spröde, andere weich und lebendig, die wahren Mähnen, und schwere Perücken.

Er sagte dem Kaufmann ein paar Artigkeiten über die reiche Auswahl, lobte einen Zopf von besonders schöner Farbe, einem reinen, ungetrübten Blond.

»Die Dame, die eben herausging, hatte auch eine sehr schöne Haarfarbe«, fuhr er fort.

»Kennen Sie sie?«, fragte der Kaufmann.

»Nein.«

»Ich auch nicht. Denken Sie sich, sie ist gerade gekommen, um mir ihr Haar zu verkaufen.«

Montaldo durchlief ein leichter Schauder. Ein Zipfel des Mysteriums war gelüftet. Eine Spur zeigte sich, und welche Spur? Am Rande der zunehmenden Finsternis ein fahler Schimmer! »Ihnen ihr Haar verkaufen«, wiederholte er, etwas bestürzt über die unverhoffte Antwort.

»Allerdings. Sie hat mich gebeten, es ihr abzunehmen. Ich handle mit Haaren, wie Sie sehen.« Damit wurde der Friseur gesprächig; er erzählte, daß er nicht selten auf diese Weise Haare kaufte, wenn sie fein und gut gepflegt wären. Er hätte seine Lieferanten, die aufs Land gingen, nach Savoyen und der Bretagne. Da machte man Jagd auf Haare. Für etwas bar Geld ließen sich die Frauen den Kopf kahl scheren. Man brauchte ihnen nicht einmal Geld zu bieten. Einer seiner Geschäftsfreunde wäre kürzlich mit allerhand Putz und Flitterstaat losgegangen und namentlich mit einer Ladung von Regenschirmen, die er im Ramsch gekauft hatte. Dafür hätte er die schönsten Haare bekommen. In manchem Dorf seien die Frauen nach seinem Aufbruch alle kahl gewesen, aber jede hatte einen neuen seidenen Regenschirm.

Der Händler sprach, gestikulierte und schwatzte fröhlich drauflos, nicht ohne einen starken, südlichen Akzent, wie eine Prise Knoblauch in den Speisen.

Montaldo war lebhaft interessiert. Er dachte an diese bizarre Ernte von Dorf zu Dorf. All diese armen kahlen und struppigen Schädel, wie Stoppelfelder! Er dachte an die Scheren mit ihrer Sichelkälte und wie man aus allen diesen abgemähten Haarschöpfen einen ganzen Getreideschober von Haaren hätte auftürmen können. Trotzdem vergaß er nicht den Hauptgrund seines Besuches: seine beharrliche Nachforschung nach der ihn plötzlich so fesselnden Unbekannten, die ihn hierher geführt hatte.

»Aber die Dame mit den unvergleichlichen roten Haaren, die eben Ihren Laden verließ?«, fuhr er fort.

»Je nun, sie ist mittellos und hat daran gedacht, ihre Haare zu verkaufen. Der Fall ist nicht selten. Das gibt immer etwas bar Geld, wenn man stellenlos ist und auf der Straße sitzt. Es ist gewiß aller Ehren wert, daß sie auf dieses ehrbare Mittel verfallen ist, wo die anderen so leicht sind für eine Frau, namentlich, wenn sie nicht häßlich ist ... Ihre Haare, wie Sie selbst sagen, sind unvergleichlich.«

»Also haben Sie sie ihr abgekauft«, fragte Montaldo, »und gut bezahlt?«

»Durchaus nicht. Gerade weil sie unvergleichlich sind, konnte ich sie nicht nehmen. Ich hätte ihr gern geholfen, der armen Person. Aber was soll ich? Ich halte im Haargeschäft nur gangbare Ware. Wären sie kastanienbraun, so konnte ich das Geschäft machen, auch bei blond und schwarz, selbst rot, aber ein gewöhnliches Rot, wie es häufig vorkommt. Für Haare von seltener Farbe habe ich gar keine Verwendung. Ich kann nur solche brauchen, die zu den Haaren meiner Kunden passen. Aber die von jener Dame sind unvergleichlich. Ich habe so etwas nie gesehen. Sie sind gewiß schön, aber eben zu schön. Halt, wollen Sie die ganze Wahrheit wissen? Sie sind nirgendwo anzubringen.«

Montaldo ging. Aber diese praktischen und richtigen Worte klangen ihm noch lange in den Ohren und immer noch sah er jene Erscheinung, die ihm nicht umsonst auf seinen Streifereien begegnet war. Er glaubte nicht an Zufall. Nichts ist von ungefähr. Die Passanten auf den Straßen streben einem Ziele zu, das sie nicht kennen ... Und jedes Gesicht ist nur die menschliche Maske einer ewigen Wahrheit, die auf Erden wandelt. Montaldo hatte das Symbol begriffen, und er nannte die Unbekannte mit dem herrlichen Haar in seinem Herzen fortan mit dem wirklichen Namen des Schicksals, das sich ihrer bediente; er nannte sie die Originalität. Sie war es, die er hatte vorübergehen sehen, die er lange verfolgt hatte … Sie war es, die Muse der Genies, der Verkünder, der Gründer von Schulen, Gesellschaften und Religionen, die Muse aller Neuerer und Lichtbringer, kurz, aller, deren großes Glück auf Erden darin liegt, daß sie den anderen nicht gleichen.

Eine vertriebene, beschäftigungslose Muse, die ewig darbt, weil ihre edlen Gedanken, ganz wie die Farbe ihres einzigen roten Haares, eine zu seltene Schattierung haben und zu den gewöhnlichen Vorstellungen »nicht passen«, oder, wie der Kaufmann schließlich sagte, »nirgendwo anzubringen sind« …

Der Leichenkutscher

Das Schicksal hat oft seine ganz eigene Ironie. So war Romain Gay Totengräber. Er mit seinem fidelen Namen, der ihm eine Anwartschaft auf Ausgelassenheit und Wohlleben gab, war Beamter bei der Verwaltung der Pompes funèbres! Allerdings war sein Amt noch nicht das peinlichste: er war Leichenkutscher, und das ist immer noch besser, als Leichenträger zu sein und ohne Unterlaß Särge, als wären es Koffer, auf dem Bahnhof der Ewigkeit aus- und einzuladen.

Wie Gay zu diesem sonderbaren Berufe gekommen war? Als Waise war er in einem Waisenhaus erzogen worden und mit fünfzehn Jahren nach einem Pachthofe in der Bannmeile gekommen, die ihre Milch alltäglich nach Paris schickte. Nach einem Jahr konnte er kutschieren und fuhr nun mit dem Milchwagen selbst nach den Molkereien und zu den Kunden des Pachthofes. Aber das genügte seinem Ehrgeiz nicht. Er hatte sich Höheres erträumt. Er ging also zum Direktor des Waisenhauses, in dem er erzogen war, und bat um seine Protektion; und da dieser mächtige Verbindungen besaß, schlug er ihm eine Stelle bei der Verwaltung der Pompes funèbres vor. So viel hatte Gay sich doch nicht erhofft. Er hatte auf eine Kutscherstelle bei reichen Leuten gerechnet, und allerhöchstens verstieg sich sein Ehrgeiz zu einem Droschkenkutscherposten bei der Urbaine oder einer anderen Fuhrwerksgesellschaft. Denn fahren konnte er, und man muß sich seinen Beruf immer nach seinen Anlagen suchen. Aber Leichenkutscher bei den Pompes funèbres zu werden, einer so ernsten Behörde zu unterstehen und gewissermaßen Verwaltungs- und Staatsbeamter zu sein – das überstieg auch seine kühnsten Träume. Dazu würde er noch eine Uniform tragen, die wie der Direktor versichert hatte, aus der französischen Revolution stammte und von einem berühmten Maler entworfen war ... Es war wohl gar David, wenn er nicht irrte, oder ein anderer ebenso klangvoller Name, den ihm der Direktor genannt hatte ...

Gay frohlockte und schwelgte in seinem Hochmut. Zu Anfang konnte er sich gar nicht darüber beruhigen, daß er eine solche Lebensstelle gewonnen hatte, er, der arme Waisenknabe, der arme Milchkutscher ohne Zukunftshoffnung. Er wohnte jetzt in Paris. Er bezog einen Gehalt, keinen Lohn etwa, nein, Gehalt. Und er war schön in seiner Uniform, besonders wenn es sich um ein Begräbnis erster Klasse handelte. Er stand auf einem drapierten, schwindelhohen Bock, wie auf einem Throne und hielt die Zügel der Regierung in seiner Hand. In den Spiegelscheiben der Ladenfenster erblickte er sich mit dem Zweimaster auf dem Haupte und erkannte sich kaum wieder.

»Sehe ich nicht aus wie Napoleon der Erste?«, sagte er bei sich.

Und er bewunderte sich in seinem langschößigen, stumpfschwarzen Tuchrock mit den silbernen Tressen und reichen Aufschlägen. Er leuchtete, zog die Sonne an und strahlte sie wieder aus. Und dabei die hohen Erobererstiefel! Die Menge bildete vor ihm Spalier. Er merkte es wohl, aller Augen waren auf seine Person gerichtet. Er war es, der den imponierenden Eindruck hervorrief, der dem Wagen seine stolze Majestät verlieh. Und die Peitsche mit dem silbernen Stiel ruhte in seiner Hand wie ein Szepter.

Kam der Zug, den er eröffnete, unter einem Triumphbogen durch, zum Beispiel dem Arc de l'Etoile oder der Porte Saint-Denis, so schwoll sein Stolz ins Ungemessene.

Alles machte vor ihm Platz und folgte ihm mit den Augen, während er stolz auf seinem hohen Bock stand und mit dem Scheitel fast die hohen Wölbungen berührte. Dabei Stille ringsum und der siegreiche Duft der Sträuße und Totenkränze. Er fühlte sich selbst den Siegern gleich, für welche diese steinernen Triumphbogen errichtet worden waren, und er wähnte ganz wie sie, eine fette Beute hinter sich her zu schleifen.

Sein Beruf trug ihm auch häufige Trankopfer gratis ein. Namentlich bei Armenbegräbnissen. An solchen Tagen war die Ernte an Stolz gering, auch die Freude am Leichenpomp. Aber man lud ihn dafür auf einige Liter Wein ein, die er in den Vorstädten unter einer Sommerlaube ausschlürfen konnte … Denn da liegen die Friedhöfe der Armen. Die freunden sich schnell an und haben das Bedürfnis, Wein in ihre Tränen zu schütten. Während der Beerdigung stieg Gay von seinem leeren Leichenwagen ab und ging zur nächsten Weinkneipe, um einen Pfiff zu trinken. Die Familie des Verstorbenen pflegte bald nachzukommen. Man schwatzte und trank zusammen und blieb über die Zeit. War das Wetter nicht zu schlecht, so saß man im Garten. – O Willette, deine Totengräber, die im herbstlichen Walde miteinander anstoßen: – Auch Gay stieß an, mit dem Witwer oder der Witwe und den trauernden Hinterbliebenen. Er goß einen Liter Rotwein und Weißwein nach dem andern hinunter, dann kamen die Schnäpse, Absynth, und Bitter, denn man hielt ihn ja liebenswürdigst frei. Waren die Leidtragenden gegangen, so lud er selbst seine Kollegen ein. Er konnte sich gar nicht mehr trennen, und wenig fehlte, so hätte er die Pferde ausgeschirrt und ihnen im Hofe Hafer zu fressen gegeben oder sie mit ihren schwarzen Straußfedern in den nächsten Stall gebracht. Er begann zu schwatzen und Witze zu reißen, kurz, er war von überströmender Lustigkeit.

»Ich heiße Gay!«, schrie er, indem er sich auf die Brust schlug. »Und ich bin es auch, ich bin es von Geburt! Ich bin meines Namens würdig!«

Seine Kollegen begannen ihn an den Heimweg zu erinnern, aber er sperrte sich.

»Was habt ihr denn? Warum macht ihr solche Leichenbittergesichter?«

Am Abend entschloß er sich endlich, wieder in die Stadt zu fahren und seinen Wagen unterzustellen. »Ein schöner Tag!«, sagte er bei sich. Und er dachte zurück an den feierlichen Zug, die vollen Gläser und die Gespräche mit dieser anständigen Familie, insbesondere der Witwe, die noch so gut aussah … Vielleicht würde er sie noch einmal sehen. Von allem übrigen, von Sarg und Tränen, Tod und Trauer, hatte er nichts behalten, nichts gesehen. Ja, er begriff jetzt, warum seine Kollegen so ernst und sorgenvoll waren. Die Leichenträger greifen den Tod mit Händen, tragen sie doch den Sarg. Und dann ist es nicht schwer, an sich selbst und die Vergänglichkeit des Lebens zu denken, aber er, Gay, war lustig. Von seinem hohen Bock herab sah er von alledem nichts. Das alles vollzog sich hinter ihm.

Außerdem hatte der Leichenkutscher noch nie einen Toten gesehen. Kein Totenantlitz stand ihm unvergeßlich vor Augen, er hatte diesen Graus nie kennen gelernt. Von klein auf Waise, entsann er sich des Todes seiner Eltern nicht. Im Waisenhaus, wo er danach erzogen wurde, in der Wirtschaft, wo er als Knecht gedient hatte, war zu seiner Zeit niemand gestorben. Wahrhaftig, es war eine merkwürdige Sache, daß er mit vierzig Jahren noch nicht wußte, was ein Toter ist. Namentlich, wo er alltäglich einen sozusagen nach seinem Grabe fuhr. War diese Unkenntnis, besonders bei seinem Berufe, nicht etwas lächerlich? Jedenfalls war es eine Lücke. Er war der Meinung, daß er an den Galatagen des Todes vielleicht noch majestätischer und mit einem richtigeren Empfinden für den Leichenpomp kutschieren würde wenn er endlich wüßte, was er tat. Bisher wußte er es nicht; er fuhr in seinem Wagen täglich etwas, über das er sich nie klar geworden war ... Der Gedanke einer Berufspflicht setzte sich in seinem Kopfe fest, dazu eine gewisse Neugier, die von Tag zu Tag zunahm. Er mußte endlich wissen, was ein Toter war. Aber wie und wo? Potztausend, in der Morgue! Eines Tages, wenn er in dieser Gegend wäre, wollte er bei der Rückfahrt von einer Beerdigung mit seinem leeren Leichenwagen dort anhalten und hineingehen ... Dieser Gedanke ließ ihn nicht mehr los ...

Und er ging hinein. Kaum hatte er die Schwelle überschritten, so sah er sich in einem feuchten Vestibül und hinter einer Glasscheibe dicht vor sich – die Leichen. Es war eine heftige Erschütterung. Warum hatte man ihn nicht langsam vorbereitet und nach und nach dorthin geführt? Aber diese plötzliche Anblick, fast wie eine Konfrontation vor Gericht! Und die Toten sahen wirklich so aus wie Ermordete. Gay hatte sich die Opfer aus den Feuilletonromanen, die er in den Zeitungen las, nie anders vorgestellt. Da lagen sie nun auf den schrägen Steinfließen, über die unermüdlich das Wasser rann, die Leichen von Unbekannten, einen Lederschurz über den nackten Leib. Der eine trug eine Stirnwunde. Es war ein Ertrunkener, der sich ohne Zweifel bei seinem Fall verletzt hatte, vielleicht auch an irgend einem Bootshaken; daneben lag eine andere Wasserleiche, gleichfalls ein Mann, ganz gedunsen und aufgeschwollen, ein gräßlicher Anblick. Schließlich eine Frau mit einem halb zugekniffenen Auge, das von so weit her zu blicken schien und einen so alten Ausdruck hatte, im Gegensatz zu dem noch jugendlichen Gesicht ... Gay ergriff die Flucht ... Als er draußen war, torkelte er fast wie früher, wenn er in der Weinkneipe zu viel getrunken hatte und die Luft ihm nun den Rest gab.. Berauscht

Entsetzen auch? Oder welchen Wein des Todes hatte er getrunken? Etwa jene glucksende Flüssigkeit, deren Schall die Still des Totenhauses erfüllte? Die Knie zitterten ihm. Er kam nur mit Mühe auf seinen Bock hinauf. Umsonst versuchte er, sich wieder aufzumuntern. Er trieb die Pferde an und knallte mit der Peitsche mutwillig in die Luft. Aber die unsägliche Beklemmung wich nicht von ihm.

„Und das fahre ich nun schon seit Jahren!"

Ein unüberwindlicher Ekel gegen seinen Beruf ergriff ihn. Jetzt konnte er sich den Tod vorstellen, jetzt sah er ihn. Alles war ihm zuwider, selbst die halbwelken Sträuße und Trauerkränze mit ihrem faden Totenblumenduft, diesen Geruch der Verwesung vorweg zu nehmen schienen. Wenn er jetzt noch, auf seinem Bock stehend, unter dem Triumphbogen de l'Etoile oder der Porte Saint-Denis durchkam, was ihn sonst mit solchem Stolz erfüllt hatte, fühlte er, wie es ihm von den hohen Wölbungen eiskalt anwehte und ein feuchter Flor sich von den schwindelhohen Steinen herabsenkte, als schritte er durch das niedrige Tor seines Grabes ... Die seltsamsten Befürchtungen betörten ihn. Er sah eines seiner Pferde durchgehen. Er sah das Gefährt in schwindelnder Fahrt; der Leichenwagen schwankte hin und her und schlug schließlich um, der Sarg polterte heraus, barst auf und zeigte ihm zum zweiten Male den gräßlichen Anblick des Todes. Eine schauerlich Vision, ja eine unerträgliche Qual! Gay quittierte den Dienst – er, der ursprünglich so stolz und frohgemut gewesen war, als er den Kutscherposten bei der Verwaltung der Pompes funèbres erhielt, der so jovial und ein so lustiger Geselle gewesen war, als er noch in Unkenntnis lebte.

Man muß den Dingen nie auf den Grund gehen wollen ...